28.6.2003

Jo Schulz–Vobach

Die stillste Stunde

Roman

Jo Schulz–Vobach

Die stillste Stunde

Roman

Illustrationen
von
Marina Seiller-Nedkoff

Edition MOSAIC
Dublin – New York – Vienna
1999

1. Auflage 1999

Edition MOSAIC
Goldeggasse 9/12
A–1040 Wien
Österreich

ISBN 3–901953–09–4
Satz: Macedonian Studies

Zum Inhalt:

Zum Zufluchtsort ist der kleine Ort an der Grenze für die drei alternden Geschwister geworden; doch die "heile Welt", in der nur noch ein gefüllter Vorratskeller und der Holzstapel hinter der Hütte zählen, ist trügerisch. Unter der Oberfläche des heiter-zänkischen Alltags liegen alptraumhafte Erinnerungen, Verlustgefühle und Lebensangst, die Begegnungen mit anderen Menschen verhindern und die drei Alten zu Außenseitern machen.

Doch die Geschwister, im ritualisierten Umgang miteinander verstrickt, gewinnen plötzlich an Kraft: mit der Ankunft einer Flüchtlingsgruppe im Ort werden sie gefordert und stellen sich auf die Seite der Schwächeren. Der Zorn der Einheimischen richtet sich nun gegen die Geschwister; nur der behinderte Jakob und der orientierungslos dahintreibende Jugendliche Jonas unterstützen die Alten in dieser "stillsten Stunde", in der Mitleid und Nächstenliebe zu idealistisch-moralischen Scheinwerten zu erstarren scheinen. In der letztlich ohnmächtigen Auflehnung gegen bestehende Gesetze zu Menschenrecht und Humanität werden die Geschwister und ihre Helfer immer mehr zu "Ausländern", die es zu vertreiben gilt - in einem Ort, der mit seiner Verweigerung der Hilfe für Flüchtlinge und mit dem fatal endenden Brandanschlag auf die Behausung der Alten ein in heutiger Zeit allzu bekanntes Zeichen setzt.

Die Autorin Jo Schulz-Vobach realisiert das aktuelle Thema im sprachgewandten und stilistisch ausgeprägten Erzählfluß, der die Kraft der Geschehnisse und eindringlichen Bilder sowie der ausdrucksstarken Illustrationen von Marina Seiller-Nedkoff betont.

Vorweg

Für alle meine Freunde und Freundinnen!

Wie das so ist: Auf der Suche nach Gesichtern und Lebensgeschichten treffe ich auf diese und jene - und diese und jene, die mir so vieles erzählt und anvertraut haben, mögen sich hier und da in meinen Texten auf die eine oder andere Art wiederzuerkennen meinen.
Eine Spur der Ähnlichkeit ist – mag sein – mit Worten gelegt, in Sätzen verwoben. Und verliert sich doch wieder im Folgen der Erzählung, ist endgültig verwischt im Ankommen am Ende des Weges.
Das ist beabsichtigt.

Die Autorin

1

Schlaflos auch diese Nacht. Das Gewitter ist weitergezogen, schwächer wird das Wetterleuchten über den Bergen, aus den Bäumen fällt die Nässe auf das Dach der Hütte und auf den Erdboden. Und wie in anderen Nächten hat der Mann die Augen geschlossen und folgt dem wandernden Schmerz in seinem Rücken, liegt bewegungslos, die Arme fest an die Seiten gepreßt, die Hände zu Fäusten geballt; hinter den Lidern aber bewegt sich die Zeit in Sprüngen, staut sich, kommt fast zum Stillstand, rast weiter. Sich überlagernde Bilder und Geräusche: ein Fenster, durch das er blickt; die Farbe des Rahmens blättert ab, die Scheibe blindgeworden, davor eine vertrocknete Blütenstaude in einem Blumenkasten. Etwas entfernt vom Haus, auf einer nächtlichen Straße, Menschen, ein langer Zug großer und kleiner Menschen, dunkelgekleidet, die Gesichter im Schatten. Scharren von hunderten von Füßen auf dem Asphalt. Am Bahnhof, dort mündet alles, eine Lokomotive, dahinter reihen sich Waggons, in denen der Menschenzug verschwindet. Dröhnender Aufschlag von Metall auf Metall. Kein anderer Laut ist hörbar.

Über dieses Bild legt sich nun rasch ein anderes: ein Haus, die Fenster geschlossen. Geräusche: wie das Holz sich entzündet, wie aus dem Knistern Krachen wird, die Flammen Glas bersten und Dachziegel wegspringen lassen, wie sich in das Prasseln Rufe mischen, Schreie, Gejohle, Angst, Panik. Lodernd füllt das feurige Haus das Bild vor den Augen des Mannes bis zu den Rändern, dann schiebt sich das glühende Holz der Haustür in den Vordergrund, die Flammen verzehren das Geschmiere darauf, kaum zu erkennen, unterbrochene Linien eines angedeuteten Hakenkreuzes; dann, den Blick auf ein Fensterloch neben der Tür gerichtet, das sich über die anderen Bilder bewegt: ein weitoffener Mund im Gesicht des Mädchens, Feuerschrei in diesen starrenden Augen, mit den Flammen verwobene Konturen ausgestreckter Arme –

die Uhr auf dem Nachtkasten hat Leuchtziffern; es ist die dritte Stunde nach Mitternacht, die stillste Stunde einer Nacht, in der auch die Eulen nicht jagen, der Marder im Gebüsch verharrt. Der nun wolkenlose Sternenhimmel verbreitet ein fahles Licht im Raum: ein Schrank, ein Bett, ein Stuhl auf ausgebleichtem Teppich mit unregelmäßigen Fransen. Rotkarierte Gardinen vor dem Fenster, daneben ein selbstgezimmertes Bücherregal, grob zusammengefügt aus alten, wurmstichigen Brettern. Kaum hörbares Atmen aus den Nebenzimmern, wo andere Menschen schlafen. Kein Knacken in den Holzbalken der Zimmerdecke um diese Zeit, wo sonst Mäuse und Marder umherhuschen.

Mühsam richtet der Mann sich auf, verläßt das Lager, tritt ans Fenster; von hier aus kann er bis zum Paß hinübersehen, weit über der Waldgrenze, wo die Almen sich ausbreiten. Der Paß, ein schmaler Einschnitt zwischen zwei steil aufragenden Dreitausendern, ist der nächste Weg zur Grenze; zwei, vielleicht drei Kilometer Niemandsland auf der anderen Seite, denkt der Mann, vor Jahrzehnten war hier Krieg, Partisanen in den Höhlen und in den aufgelassenen Stollen des alten Bergwerkes, das sich einst durch diesen Teil der Berglandschaft fraß und schließlich aufgegeben wurde, weil sich nichts mehr finden ließ, kein Eisenerz mehr, nicht die Spur mehr von Gold und Silber, kein Arsen, mit denen sich früher gewinnbringender Handel treiben ließ; man vernagelte die Stolleneingänge, schüttete sie zu mit Schutt, manche vergaß man ganz, als hier das dichte, undurchdringliche Gestrüpp der Latschen zu wuchern begann. Auf einer flachen Anhöhe, oberhalb der Baumgrenze, erinnern aufgestellte, von Flechten und Moos überzogene schmale Steine an die Opfer einer sinnlosen Metzelei vor Jahrzehnten, schon am Ende des letzten Krieges in diesem Teil des Kontinents, ein unmenschlicher Akt, wie die Leute im Ort berichten, begangen von den Angehörigen der eigenen Wehrmacht. Und jetzt kämpft man wieder, denkt der Alte, weiter im Süden, was gehts uns an, wir waren damals auch nicht dabei, wir haben die Schuld unserer Väter nicht zu teilen, obwohl man uns anderes einsagen will, heute noch, wir haben das trotzdem hinter uns gebracht, und jeder von uns hat seinen Teil gezahlt und trägt nun seine Narben mit sich herum.

Er bewegt die schmerzenden Glieder; der Schmerz hat sich im Schulterbereich festgebissen, seit Tagen schon, streckt seine Fangarme bis zum Steiß und zu den Hüften aus. Und während er diesem Schmerz zu folgen versucht, ihn packen und aus diesem gegeißelten Körper zerren will, verliert sich sein Blick in der diffusen Helligkeit einer mond- und sternklaren Nacht. Dann, plötzlich, ist auf dem Paß Bewegung bemerkbar; ein großes Tier, vielleicht, denkt der Mann am Fenster, kaum beunruhigt; kürzlich wurde von einem Bären in dieser Gegend berichtet, aus dem Kriegsgebiet über die Grenze gen Norden wandernd. Und er erinnert sich an die Erzählungen im Ort; von geplünderten Bienenstöcken wurde geredet, auch ein Schaf war gerissen worden, berichtete entrüstet eine der Frauen, die der Alte beim Einkauf im kleinen Geschäft am Ortsrand gelegentlich trifft: abknallen, diese Viecher, sofort abschießen, nur Ärger damit!

Für einen Bären aber ist der bewegliche Schatten auf dem Paß zu groß; ein Jäger, mag sein, denkt er und wartet unwillkürlich auf einen Schuß, sagt sich dann: nein, kein Mensch, eher Rinder, die einen Zaun durchbrochen haben, erschreckt, vielleicht, von einem jagenden Tier, einem Fuchs oder Dachs, und nun, irritiert durch die fehlende Begrenzung ihres gewohnten Weidegebiets, auf dem Weg, wer – weiß – wohin. Es ist schon eine kleine Herde von Tieren; der Alte zählt neun, zehn, mehr Gestalten, die hintereinander auf dem Paß auftauchen, rasch über die Alm ziehen und schließlich mit den Waldschatten verschmelzen; er wundert sich über die Lautlosigkeit, mit der die Tiere aufgetaucht und wieder verschwunden sind, wahrscheinlich ging die Glocke am Hals der Leitkuh verloren, denkt er; in anderen Nächten ist das helle Bimmeln dieser Kuhglokken ein vertrauter Ton.

Das Bild dieser dicht hintereinander und lautlos gehender Gestalten läßt ihn nicht los; und er erinnert sich einstiger

Flüchtlinge, die ebenso still und in kleinen Gruppen in Dörfer und Städte seines Heimatlandes kamen, Menschen in abgerissenen Kleidern, mit Hunger in den Augen; man sammelte sie in Lagern, man gab ihnen zu essen, versorgte sie mit Schuhen, mit wärmenden Sachen, irgendwann verschwanden sie wieder, niemand fragte mehr nach ihnen. Andere kamen, und manche von ihnen blieben schließlich; das war noch nicht lange her, man sprach vom Beginn einer neuen Völkerwanderung als Folge neuer Kriege in anderen Ländern; da kamen sie mit Flugzeugen, mit Schiffen aus fernen Ländern, andere im Gefolge von sogenannten Schleppern, versteckt hinter Ölwannen unter Pkws, unter Eisenbahnwaggons, kamen in Scharen über die Grenzen aus benachbarten Ländern, aus welchen Gründen auch immer. Sie fanden Arbeit und zahlen nun Steuern, sie schicken ihre Kinder in die Schule und lernen die Sprache ihrer neuen Heimat in Abendkursen. Und haben es trotzdem nicht leicht, denkt der Mann, weil sie, mag sein, immer die Fremden unter uns bleiben.

Auf dem Paß bewegt sich nichts mehr; die Gestalten sind im Wald verschwunden. Vorsichtig, um den Schmerz in seinem Rücken nicht zu verstärken, wendet der Mann sich vom Fenster ab, starrt in den stillen Raum, der sich, wie in anderen Nächten, mit Erinnerungen und Gedanken gefüllt hat; in dieser stillsten Stunde der Nacht kriecht die Kühle aus den Wiesen ins Geäst der Fichten und Lärchen, das Fensterbrett ist feucht. Der Himmel ist von fahler Blässe; irgendwo raschelt ein Tier durch trockenes Unterholz, verfolgt vom schwerfälligen und doch so kraftvoll wirkenden Flügelschlag einer aufmerksamen Eule.

Im Schlaf, endlich, wird der Kopf des Mannes leer. Wird der Körper ruhig, hört die Zeit auf.

***

Nichts ist anders an diesem Morgen, und doch beobachten die Frauen den Bruder mit Sorge; er steht am Zaun, die Hand fest auf die Torklinke gelegt, den von Rheuma und von Verknöcherungen gekrümmten Rücken nach vorn geneigt; wie alt er wirkt, sagt eine der Schwestern, und wie alt müssen dann wir sein. Sie richtet den Blick auf die andere Frau, die hat ihren Rock gerafft, darunter blinken die weißen Beine; Marmorsäulen, sagt Marga, Elefantenbeine, die hattest du schon als Kind. Doch Ida hört nicht zu; was hat er denn, der Hannes, fragt sie, die ganze Nacht unruhig, auf diesen knarrenden Dielen, ich hab kein Auge zugetan. Die Unruhe ist ihr anzusehen, denkt Marga, aber was soll passieren, hier, das Dorf weit weg, auch die Menschen; sie horcht auf das Pochen in ihrem Körper. Quatsch, sagt sie laut, ich hab dich gehört, du hast geschnarcht, du schnarchst jede Nacht. Mitleidlos mustert sie das Gesicht der Schwester, das so viel glatter ist als ihres, dafür ist das Haar dünn, es klebt an der Kopfhaut; du mußt dir die Haare waschen, sagt sie, ekelhaft; du weißt, daß ich mich nicht allein in die Badewanne trau, erwidert Ida beleidigt und ordnet den Rock über ihren Beinen, du redest immer nur, anstatt mir zu helfen.

Der Bruder, Hannes, kommt langsam über den Wiesenstreifen zwischen Hütte und Zaun, wieder und wieder sieht er sich um; mir war, als hätte ich was gesehen, erklärt er, aber da ist nichts, ich sehe niemanden, trotzdem –. Und er schiebt die Frauen vor sich ins Haus und hinter ihnen den schweren Riegel vor die Tür.

Warum dann diese Vorsicht, grummelt Marga, leicht erbost; sie geht durch den Flur in die Wohnküche, auf dem Herd zischt das aus dem Kessel überlaufende Wasser; immer vergißt du den Kessel, ruft die Dicke gutgelaunt; ist der Kaffee noch heiß, will sie dann wissen, und: schau selbst nach, raunzt Marga. Wir sind schon eine seltsame Gesellschaft, sagt Ida.

Mit den Jahren sind die Geschwister wunderlich geworden, sie bemerken die Veränderungen an sich und den anderen scheinbar ungerührt: du klapperst mit den Zähnen, du frißt wie ein Scheunendrescher, du stinkst, benutze deine Gehirnzellen, laß dich nicht so gehen, sagen sie schon seit Jahren und verstecken die eigene Verletzlichkeit hinter beißendem Spott und verletzendem Sarksamus. So sind sie in früheren Zeiten auch mit anderen Menschen umgegangen, das und andere Gründe, über die sie selten reden, vertrieb sie schließlich aus jenem Land, in dem sie den längsten Teil ihres Lebens verbracht haben; sie gingen über eine Grenze, die seit Jahren nicht mehr sichtbar war, und in ein anderes Land, in dem die Leute ihre Sprache sprechen und in dem ihnen zumutbare politische Ziele verfolgt werden. Dennoch möchten die Geschwister lieber unter sich bleiben, andere Menschen sind ihnen unwichtig geworden, manche sind lästig; wie Zecken, die sich nicht rausdrehen lassen, meint Ida. Und so kamen sie in diese kleine Stadt im Tal, vor Jahren schon; im Innersten getrieben von der Hoffnung, verlorene Träume ordnen zu können, getrieben auch vom unstillbaren Wunsch nach Übermaß, der Bruder, vielleicht, die Schwestern ahnten es, auf der Flucht vor erdrückenden Alpträumen.

Sie gerieten in diesen Ort und mieden sofort die schläfrige Enge der Gassen mit den zueinander geneigten Häusern, stießen sich an scheinbar unüberwindbaren Zäunen und Mauern am Ende der Straßen und Wege und gelangten schließlich auf einen Pfad, der zum Wald hochführt und dann zu dieser Hütte, die so aussieht wie die Hütte, in der sie vor ungezählten Jahren Zeiten ihrer Kindheit verbracht hatten. Sie richteten sich ein, in der Nähe des ehemaligen Bergwerkes, von dessen Existenz nur noch diese Hütte zu berichten wußte, ein festgefügtes Holzhaus mit dicken Wänden und mit einem Dach aus Lärchenschindeln; die überdauern uns, sagte der Bruder, dann scheuerten und schrubbten, hobelten und polierten er und die Schwestern den Dreck, hinterlassen von Generationen von Knappen und Hauern, von Ungeziefer und kleinen Nagetieren, von jahrzehntelang sprießenden und wieder verdorrenden Brennesselstauden, aus dem Haus und von den Wänden. Hier, drei, vier Kilometer weit entfernt von den ersten Häusern der Stadt und dicht am Fuß des Gebirges, läßt die Höhe die Bäume zu Krüppeln werden und verliert sich, ansteigend, in weitflächigen Almen. Ganz oben, über den Gipfeln, sehen die Geschwister an klaren Tagen den Adler kreisen oder die Dohlen aus den Schluchten steigen und hören, oft, das schrille Pfeifen der Murmeltiere vor ihren Bauten.

Sie wissen, daß ihr Benehmen sonderbar ist, daß auch das enge Zusammenleben von Bruder und Schwestern Anlaß zu Getratsche gibt; das war schon immer so, sie kennen das: lesbisch, Blutschande!, aber sie kümmern sich nicht darum. Sie schützen sich und ihr Haus mit einem hohen Zaun und starken Eisengittern vor den Fenstern. An der Haustür hat Hannes, der Bruder, einen starken Riegel angebracht, obwohl selten jemand aus dem Ort in diese Gegend kommt. Die beiden Frauen sind ebenso auf der Hut wie der Bruder, so vergehen die Tage und Monate oder Jahre, ohne daß sie auf den Kalender schauen oder sich, wie früher, an Festtagen orientieren. Aber sie wissen, wann die Pilze reifen, die Beeren, wann die Blüten und Kräuter. Die beiden Frauen reden darüber, und ihr helltönendes Geschwätz, zeitweilig unterbrochen von Schnalzlauten oder dem Klappern der falschen Gebisse, die nicht richtig sitzen, seit Jahren haben sie keinen Zahnarzt mehr aufgesucht, unterbrochen auch von anderen Geräuschen, die ihre Körper von Zeit zu Zeit nicht mehr unterdrücken können – ihr helltönendes Geschwätz hängt sich wie Spinnweben ums Haus, tagaus, tagein; und eines Tages, sagt Hannes, zappeln wir nur noch in diesen klebrigen Fäden.

Er macht sich oft lustig über die beiden Alten, die seine Schwestern sind; doch sein einst scharfer Spott hat sich abgeschliffen. Sie wissen, daß sie einander brauchen, auch die gemeinsame Vergangenheit ist ein festes Netz, sie haben nie anders gelebt. Ihre unaufhörlichen Gespräche drehen sich um die Krankheiten, an denen sie zu leiden meinen und die sie mit gekochtem Wurzelzeug, mit Mengen von Farnwedeln im Badewasser, Kräuteraufgüssen und Waschungen im Bachwasser oder mit Hochprozentigem zu heilen versuchen. Oder sie reden über das Essen; sie leiden an Übergewicht, an der Verknöcherung von Gelenken und Verkalkung der Adern und: auch im Hirn! ruft die dicke Ida bei jeder sich bietenden Gelegenheit.

Beim Essen, regelmäßig und üppig zubereitet, reden sie mit vollem Mund, die Krumen mit flinken Zungen aus Ecken und Furchen ihrer Mundhöhlen und Gebisse pickend: iß nicht so viel, mein Gott, wie kann man nur immer essen, laß den Most stehen, ab morgen gibt es eine Diät! und fragen doch im nächsten Augenblick: soll ich eine Milch wärmen, magst Honig drin, magst einen Speck, eine Jause, den Käse bitte, den Hirsekuchen von gestern, der muß eh weg, tu noch ein Ei und Butter an die Soße, ich bitte drum. Sie stöhnen unter ihrem Gewicht und über die Last, gern und gut und viel zu essen. Unter den Tritten des Bruders ächzt die enge Holzstiege, die vom Wohnraum unters Dach der Hütte führt, zu den geräumigen Schlafkammern, kärglich eingerichtet und in den Wintern eiskalt oder feucht, weil sie bei geschlossenen Fenstern nicht atmen können. Und wenn die Dicke sich in den Schaukelstuhl wirft, wenn sie die Beine, massig, geschwollen, wie Elefantenbeine! schreit sie, weit von sich streckt, dann knackt und knirscht das alte Möbelstück. Marga aber lacht gutmütig: paß auf, daß du den Holzwurm nicht zerdrückst, du warst schon als Kind ein Tolpatsch.

Sie gehen rauh miteinander um, aber in ihren Herzen ist eine sonderbare Zuneigung füreinander. Nie haben sie diese Liebe mit Außenstehenden geteilt, so blieben sie unverheiratet, und das ohne große Traurigkeit; wir hatten stets einander, sagt zufrieden Ida, die Dicke. Die Zeit in ihrem früheren Leben war unversehens vergangen, dabei waren sie älter geworden, sie hatten graue Haare bekommen und beobachteten mit heiterer Gelassenheit den Verfall ihrer Körper: so ist das nun mal.

Jetzt, in der Hütte am Berg, brauchen sie keine Uhren mehr, hier steht eh alles still, sagt Marga, das ist, als würden die Tage nie aufhören und nicht die Nächte. Sie lesen selten eine Zeitung, sie hören nicht Radio, und die Entwicklung von Fernseher und anderen technischen Geräten ist spurlos an ihnen vorübergegangen; die Welt ist eh so schlecht, sagt Hannes. Ida, die Älteste, hat es am Herzen, sie schläft schlecht und durchwandert in den Nächten die Hütte, mit dröhnenden

Schritten mißt sie die Länge der Holzdielen, zählt sie die Zahl der Stufen. Zuweilen stöhnt sie laut auf und greift mit dramatisch wirkender Gebärde an den ausladenden Busen; geh, hör auf mit dem Theater, raunzt Marga, die, in ihrer schlaflosen Ruhe gestört, aufgestanden ist und dem ebenfalls wachen Bruder Tee kocht. Warum bist du so hart geworden? seufzt Ida und verdreht die Augen, früher habt ihr mich über alles geliebt. Und Marga, nach einem Hörsturz oft schwerhörig, bleibt stumm, mit abwesender Miene; als wärst du woanders, beklagt sich Ida und betrachtet das Gesicht der Schwester und findet nur Härte darin.

Der Bruder, Hannes, leidet an Rheuma, das seinen Rücken krümmt, die Halswirbel verholzt und unkontrollierbare Schmerzen in Hände und Beine schießen läßt; und trotzdem werkelt er im Schuppen neben der Hütte herum, tagaus, tagein, und sägt und hobelt und schneidet, schnitzt und verklebt. Oder er steigt den Berg hinauf, um von irgendwo da oben beruhigt auf das Dach der Hütte zu schauen, auf den Rauch, der aus dem Schornstein steigt, und auf die Entfernung zwischen dem Ort und der einsam gelegenen Hütte, den vernachlässigten Wald dazwischen. Auf dem Rückweg sammelt er Astholz und auch dickere Zweige, die zwängt er in den Rucksack und wirft sie später in den großen Korb neben dem Ofen, die Nächte sind auch im Sommer kühl in dieser Höhe. Einmal wirst du dir den Fuß brechen, oder den Hals! prophezeit die dicke Ida, dann können wir dich nicht suchen kommen, ich mit meinem Herzen und die Marga ohne Gehör. Was kümmerts mich, meint dann der Bruder, den Kadaver kannst eh liegen lassen, das Viehzeug wird dafür sorgen, daß nichts übrigbleibt. Und Marga, aus ihren Gedanken gerissen und unfähig, wie so oft, den Worten der Geschwister zu folgen, sagt: dieser Sommer ist unser Ende, ich sags euch, ihr werdets sehen.

Tage, Wochen, vielleicht Monate schon in diesem Jahr ist es so heiß, daß die Schwarzbeeren vertrocknen, noch ehe sie ihre Süße bekommen, die Himbeeren schießen ins Kraut, und aus den zerbröselten Baumstümpfen wachsen merkwürdig aussehende Pilze, nicht schwammig, sondern fest ist ihr Fleisch, von Maden durchzogen, mit eingewachsenen Stengeln und Fichtennadeln. Durch den ungeschützten Boden ziehen sich tiefe Risse; an manchen Stellen ist die ausgetrocknete Erde bis zu einem halben Meter gespalten, berichtet der Bruder den beiden Frauen. Und die Ameisen, sagt Marga, wenn die so bauen, ich weiß nicht. Sie versuchen, sich an alte Bauernregeln zu erinnern, es gelingt ihnen nicht; wie Brei das alles, erklärt Ida und deutet auf ihre Stirn, nichts mehr drin, dabei waren wir einmal intelligent. Und sie erinnern sich doch: wie der Vater mit dem Motorrad, lacht die eine, und am Fluß, japst Ida, die Nattern und so, und als der Hannes die Wäscheleine mit in den Felsen genommen hat und dann doch abgestürzt ist, das Blut auf der Leine, und die Mutter wußte nicht, woher das war! Und während sie schnattern und lachen, werden die Stengel von Beeren mit den Fingernägeln abgeknipst, werden schleimige Stellen von Pilzköpfen entfernt, wächst der Berg der geschnittenen Bohnen, der gehackten Kräuter, der geschälten Kartoffeln; mein Gott, sagt Hannes, wer soll das alles essen. Und die Schwestern halten einen Augenblick inne, die flinken Finger werden ruhig, einen Augenblick nur, einen kurzen, dann sagt Ida: der Spinat, der muß heute gegessen werden, mit Speckwürfeln, gut, du wirst schon sehen, ha!

In den Nächten, von seltsamer Klarheit in diesem Sommer und durchzogen von fallenden Sternen und den flinken Lichtern der Satelliten im Raum, wälzen sich die drei alten Geschwister schlaflos auf ihren Lagern. Mit offenen Augen träumt Hannes Vergangenheit und Gegenwart, und in seinem Seufzen ist nicht nur das Echo der Schmerzen in den Gliedern; er träumt, der Hannes, sagt Ida zu Marga, und gemeinsam horchen sie darauf, wenn der Bruder sich stöhnend und ächzend umdreht und gegen die Holzwände stößt. Die beiden Frauen sind aufgestanden, ihre wallenden Nachtgewänder gleichen Zelten, so stehen sie vor der Kammertür des Bruders, horchen mit angehaltenem Atem und wechseln wissende Blicke miteinander; der Arme, er träumt wieder, flüstern sie, und: wir hätten nichts ändern können, es ist nun mal so passiert, sagen sie wie nebenher.

Die Schwestern empfinden in diesen Zeiten des Wachens und Horchens ungewohntes Bedauern; ach, hätt ich, sagt Ida, versponnen in eigene Träume noch am Morgen, und ringt die fleischigen Hände. Wär ich doch, murmelt Marga, wenn sie die Frühstücksschüsseln mit Flocken, Nüssen und Früchten füllt und die fettige Milch von der Alm darübergießt. Sie vermeiden es, einander anzusehen und zu fragen: was – was, was hättest du getan?, obwohl die Neugier sie schier zerreißt; tagaus, tagein leben wir nun zusammen, murmelt Ida, und trotzdem wissen wir nichts, nichts! voneinander. Hannes aber schweigt beharrlicher als sonst; er wendet den Blick von den sorgenvoll gefalteten Gesichtern der Schwestern und flüchtet vor dem vorwurfsvollen Schweigen hinters Haus, wo das Holz für den nächsten Winter zu spalten ist.

Eine merkwürdige Unruhe treibt die Geschwister in diesem Sommer schon früh aus dem Haus, sie steigen die Anhöhen hinauf und zu den Lichtungen im Wald und kehren zur Mittagszeit mit überquellenden Körben mit Beeren und Pilzen und Kräutern zurück. Die Früchte sind klein, die Himbeeren so süß, daß Marga beim Einkochen die Zuckermenge verringern muß. Gelee und Marmelade halten nicht länger als ein paar Wochen, vielleicht einen Monat, und schließlich kratzen die Frauen den Schimmel löffelweise aus den Gläsern. Sie reden mit verhaltenen Stimmen und schnellen Seitenblicken auf den nervös umherwandernden Bruder; schau dir die Maden an, da stimmt was nicht, flüstert Ida ihrer Schwester ins gesunde Ohr, alles ist falsch in diesem Sommer. Und Hannes schaut zur Seite, als höre er nicht zu.

***

Auch das heftige Gewitter in der Nacht vor diesem Tag, an dem die Veränderungen beginnen, auch das Gewitter also, auf eine kleine Fläche im Land konzentriert, in deren Mittelpunkt die Hütte der Alten, gehört für die Geschwister zu den Merkwürdigkeiten dieses Sommers, der so heiß ist, daß die Lärchen ihre Nadeln vor der herbstlichen Färbung verlieren und die Fichten sich dichter denn je mit Flechten behängen; wie Greisenhaar, sagt Ida und betastet den eigenen Schädel mit dem schütteren, dem fettigen Haar. Das Unwetter ist von irgendwoher in diesen Teil des Gebirges eingefallen, mit gewaltigem Getöse und raschen Blitzen. Ida wälzt sich beim ersten Donnerschlag aus dem Bett mit der weichen Matratze und dem dicken Federkissen; sie schließt sich im einzigen fensterlosen Raum in der Hütte, in der Toilette, ein, dort wirft sie sich auf die fleischigen Knie, die bei diesem Wetter schmerzen und zwakken, sie faltet die dicken Finger und hebt das teigig-bleiche Gesicht zur gekalkten Decke: bitte, lieber Gott, laß Blitz und Donner aufhören, ich fürcht mich doch so, ich bereue alles! schreit sie, und als das nichts bewirkt, beginnt sie laut zu jammern: und laß mich nicht allein zurückbleiben in diesem schrecklichen Jammertal, laß uns gemeinsam sterben, alle auf einmal, mit einem Schlag, den Hannes, die Marga und mich, ganz schnell, lieber Got, und daß wir nicht lange leiden müssen, und wem, oh du Gott, wem soll ich mein Geld vermachen, niemand da, der erbt, kein Kind, nichts. Das Lamentieren schwillt an in diesem winzigen Raum, es wird zum Getöse, vermischt mit den Lauten rund ums Haus. Und! schreit Ida schließlich, wir haben keinen Blitzableiter, Hannes – wir haben keinen Blitzableiter!

Marga aber sitzt, von grellen Blitzen beleuchtet und vom Grollen des Donners geschüttelt, schweigsam auf der Bank am Kachelofen; durch ihre rastlosen Hände gleiten Perlen und Halbedelsteine, silberne und goldene Kettenglieder, die sie aus der handgeschnitzten kleinen Truhe genommen hat; der ganze arme Reichtum, sagt sie leise vor sich hin, in all den Jahren angesammelt, für nichts und wieder nichts. Warum, fragt sie, du da oben, warum? und erinnert sich an jenen Mann, der sie einmal umwarb, vor langer, langer Zeit einmal, der sie halten sollte, den sie halten wollte, ein Leben lang, mit dem sie verlobt war, für ein paar Monate, und der dann fernblieb, als Kanonen und Gewehre zu sprechen begannen und die Listen der Toten im Land immer länger und länger wurden.

In Margas Gedanken mischt sich Idas Gejaule aus der Toilette, ins Beten und Jammern und Denken tönt das Geraunze des Bruders: gebt Ruh, ihr da unten, gebt doch endlich Ruh!, während die Donnerschläge die Hütte erzittern lassen. Schließlich kriechen die Schwestern zusammen unter eine Bettdecke, die reicht nicht hinten und nicht vorne, und im hitzigen Streit der Frauen, nun fast wortlos ausgetragen, steigt die Schwüle ihrer Leiber hoch und wird zum Kondenswasser in der Luft; sie ringen nach Atem, sie schlagen gegen andere und die eigenen Arme, kneifen, kneten, stoßen, umklammern. Im Aneinanderlehnen und Sichwegstoßen rufen sie: Hannes, hast den Riegel vorgelegt, oder ist die Tür offen, mein Gott, die Tür ist offen, jeder kann eingestiegen sein, und das in unserem Alter, Hannes!

Der Bruder ist schon aufgestanden, er sitzt am Ofen, den schmerzenden Rücken gegen die noch wärmenden Kacheln gelehnt; er antwortet nicht auf das Rufen der Frauen, und: wo er nur wieder ist, reden sie verängstigt, es wird ihm doch nichts passiert sein, vielleicht liegt er schon tot, mein Got! Was soll nur aus uns werden, schreit Ida. Im überwältigenden Ansturm ihrer Gedanken und Ängste wünschen sie sich, der anderen noch näher zu sein, und gleichzeitig können sie diese Nähe kaum noch ertragen; geh, hau ab, wütet Marga in der atemabschnürenden Enge unter dem Federbett, das ist ja nicht mehr auszuhalten, wie du stinkst.

***

Als nach Stunden, endlich, das Unwetter über den Rand des Gebirges abzieht, und: nichts mehr in dieser Welt, nur wir! jammert die Dicke, da sitzt Hannes müßig vor der Hütte und starrt irgendwohin, während sein Hirn sich abmüht, die raschen Bilder eines flüchtigen Morgentraumes in jenen ruhigen Fluß zu bringen, um den er seit Jahren besorgt ist; es gelingt ihm nicht, es bleibt bei verworrenen Farbkompositionen mit beklemmenden Abbrüchen; nichts zu Ende geführt, sagt sich der Mann und streckt das Gesicht ins Sonnenlicht, um die Kälte aus der Haut zu treiben, vielleicht, denkt er, auch die Kälte in meinem Innern. Er bewegt den Kopf, und das Universum um ihn beginnt zu tanzen; mühsam heftet er den Blick auf einen Baumstamm vor ihm, der Schwindelanfall dauert lange, länger als an anderen Tagen, die Perspektiven verschieben sich, schlingernd überlagert der hohe Zaun am Ende des Grundstücks die weichen Linien der Gräser, die Baumwipfel berühren den Himmel. Doch das All rächt sich für diese Anmaßung in dem Augenblick, in dem der Schwindel abrupt endet, und Hannes fühlt sich wieder all der Hilflosigkeit preisgegeben, die sein schmerzender Körper ihm auferlegt. Und er empfindet Angst.

Noch in Gedanken versunken, folgt er später den beiden Frauen, die sich, in Gummistiefel quälend, über das Ziel dieses Ausflugs in Gestrüpp und Schluchten streiten und sich mit Kannen behängen und dann, zunächst vor ihm, durch das feuchte Gras bewegen, schwankend, schon jetzt, denkt Hannes, wie Schlachtschiffe durchwalzen sie dieses Grün, und seine Gedanken wandern zum Meergrün im Haar einer jungen Frau, der er vor Zeiten im Wald begegnet ist. So gelangen sie zur Hütte der Sennerin; dort wollen sie, wie so oft, frische Milch und Butter kaufen, Käse und flaches Bauernbrot mit harter Kruste, auf der sie herumkauen werden, noch und noch, und: diese harte Kruste, sagen und mit den Zugen unter die lockeren Gebisse fahren, um am Gaumen die Krumen zu lösen. Diese und andere Gedanken hat Hannes im Kopf, sie kreuzen sich in seinem Hirn mit vagen Erinnerungen an etwas, das er einst verlor, und mit dem Warten auf das, was nicht kommen wird.

Aber an diesem Tag ist die Sennerin nicht in der Hütte, auch nicht im Stall, wo sich das Vieh zusammengerottet hat, mit noch prallen Eutern, die weichen Lippen zitternd und Klage im sanftbraunen Auge. Marga und Ida stehen herum, wohl unfähig dazu, die Tatsache zu begreifen, daß etwas sich verändert hat, bis Marga schließlich den Rock hochbindet, den einbeinigen Melkschemel aus der Ecke holt, den Eimer; wir haben das doch mal gelernt, erklärt sie den staunenden Geschwistern. Resolut, fast grob geht sie mit den Rindern um, sie klatscht ihnen aufs Hinterteil, sie stößt und drückt, packt die Zitzen mit ihren kräftigen, rotbraunen Händen und wendet ihr hochrot gewordenes Gesicht auch dann nicht den Geschwistern zu, als endlich, endlich! der erste Strahl Milch in den Eimer spritzt. Wie du, meint Ida staunend, ich könnt das nicht. Und sie sieht zu, wie sich Eimer um Eimer füllt, sie sieht zu, wie Marga schließlich die Milch rührt, bis der Schaum über den Trogrand springt, sahnig, süß -riechend und an Sommerblumen, an Heu und Stall erinnernd, da kann die Dicke sich nicht mehr halten, sie steckt den Finger, die ganze Hand in diesen Schaum, hebt sie zum Mund und leckt und leckt; als wärst du am Verhungern, sagt Marga erbittert.

Und dann steht die Sennerin in der Tür, nach Stunden, vielleicht, ihr Gesicht ist erhitzt, ihre Augen sind aufgerissen; wißt ihrs schon, da sind Fremde in der Stadt, Ausländer, Flüchtlinge, sie sind heute nacht über den Paß gekommen, illegal, daß ihr nichts gesehen, nichts gehört habt, ist ein Wunder, Kinder sind unter ihnen, arm dran sind sie ja, ehrlich, sie sitzen unten am Fluß, sitzen einfach da und reden nichts, wahrscheinlich verstehen sie uns nicht, man macht sich Gedanken über sie, der Gemeinderat ist schon zusammengekommen, der Pfarrer sammelt. Fremde, redet die Frau nach kurzem Innehalten, nach raschem Atemholen aufgeregt weiter, ich meine, und da bin ich nicht allein, nein, wirklich nicht! also, w i r meinen, wir brauchen keine Fremden in unserem Ort, was haben wir mit dem Krieg dort drüben zu tun, wir haben doch schon genug getan, für die da drüben, denkt nur an die Spenden, die wir dorthin geschickt haben, nun kommen sie auch noch her, wollen vielleicht hierbleiben, eine Wohnung haben, Arbeit, man kennt das ja. Arbeitslose haben wir genug, sagt sie erregt, Diebstähle wirds geben, ihr werdets sehen, Mord und Totschlag, ihr kennt das ja, das ist bei euch wohl nicht anders.

Das Echo ihrer hastig herausgestoßenen Worte verliert sich nur langsam in diesem Raum mit der tiefen Decke; die Geschwister stehen ganz still, zusammengerückt, nichts ist jetzt zu hören; als hätte die Welt sich entleert, sagt Hannes schließlich. Und sie horchen nach draußen, wo die Zeit inne zu halten scheint, für Augenblicke oder für immer. Hannes streckt die Hände aus, haltsuchend tastet er umher, findet die fleischige Schulter der Schwester, gräbt die Finger hinein; du tust mir weh, greint Ida, was ist mit dir, warum tust du das. Zögernd löst Hannes die verkrampften Finger, er atmet tief; ich wußte nicht, daß ich den Atem angehalten habe, sagt er, mir war nur schwindlig.

***

Und dann gehen die drei Menschen, als wäre nichts geschehen, wie auch an anderen Tagen und aneinandergekettet durch ein unsichtbares Band von Jugend an und nie voneinander getrennt, nicht einmal in den kurzen Episoden, da sie sich dem Freund, der Freundin zugewandt hatten, so aneinandergekettet durch zahllose gemeinsame Erinnerungen, die jetzt, im Alter, stärker und stärker in den Vordergrund zu rücken scheinen – gehen also der Mann und die Frauen durch diese Gegend, klobige Stiefel an den Füßen und Gefäße an Gürteln und Riemen, um, wie jeden Tag, noch mehr Beeren und Pilze zu sammeln. Ida, die Kurzatmige, die Asthmatische, Herzbeklommene und außerdem mit zu hohem Blutdruck Geschlagene, kommt nicht weit; schon am ersten steileren Hang streikt sie, breitet die voluminösen Röcke übers Gras und läßt sich niedersinken, begleitet vom Seufzen und Klagen, das sich in ihrem mächtigen Körper sammelt und nun aus dem winzigen, gespitzten Mund herausbricht wie ein Wasserfall.

Geh, du kannst heute nicht allein bleiben, meint der Bruder beunruhigt, wer weiß, wer sich herumtreibt, heute. Und Ida sichert zum Waldrand hinüber, mit geblähten Nasenflügeln, doch das Bedürfnis, nach diesem Weg von der Hütte der Sennerin zu diesem Hang einfach zu fallen, nichts mehr zu denken, alles zu lösen, ist stärker als die Angst in ihrem Innern. Ich bleib, entscheidet sie; und wenn ich vergewaltigt oder erwürgt werde, sagt sie und trotzt dem abschätzenden Blick der Schwester; daß ich nicht lache, meint Marga mit audruckslosem Gesicht.

So bleibt die Dicke zurück, im Schatten einiger Kiefern und Lärchen, aus denen sich Spinnen und winzige Maden abseilen; sie hockt da, ein Pilz, ein mächtiges Gewächs, das die Erde gespalten hat, und betrachtet Ameisen und Eidechsen im Gras und die Bienen in Arnika und Glockenblume und den Waldrand mit flinken Augen. Ab und zu hebt sie den Blick und sieht die Geschwister den Berg hochsteigen; das ist eine Sucht, sagt Ida laut, dieses Suchen, im Keller schon kein Platz mehr, aber wir lassen nichts verkommen, nichts. Als dann die Sonne, diese gleißende Scheibe, im Zenit steht, als Ida aus allen Poren schwitzt, ein Haufen Fleisch, auf dem sich die Flüssigkeit sammelt und zwischen Brüsten und Bauchfalten und Hinterbacken einen Weg nach unten sucht, da wird Ida unruhig. Nichts ist zu hören, nichts von den Geschwistern zu sehen, und auch sonst scheint hier niemand zu sein, mault die Dicke, in dieser Gegend bin ich, mag sein, ganz allein. Vielleicht, ruft sie, vielleicht bin ich überhaupt die einzige Überlebende einer Katastrophe, einer Atombombenexplosion, vielleicht! Sie wuchtet ihre Körpermassen hoch, sie befingert den feuchten Fleck hinten auf ihrem Rock, dann beginnt sie zu rufen, zu schreien; warum hört mich denn keiner! Und als weder der Bruder noch die Schwester noch irgendwer antworten, hebt sie die kurzfingrigen Hände, faltet sie und fällt, wie so oft, auf die Knie, jammernd und bittend und flehend, ihre Unfähigkeit, sich wie die Geschwister über Berge bewegen zu können, verfluchend und ihr gesamtes Vermögen, das sowieso niemand erben wird! schreit sie verzweifelt, der nächstbesten Kirche oder gar der Sennerin vermachend, die hat eh nix, nix! Steine und gedörrtes Gras bohren sich ins weiche, weiße Fleisch ihres Körpers, und der Schmerz verzerrt ihre Stimme; im schrillen Klagen fleht sie den Himmel, den Bruder, die Schwester, irgend jemanden an, sie nicht allein zu lassen; in dieser Öde! brüllt sie los, in dieser Einsamkeit!, wo alles, alles! ihr feindlich gesonnen zu sein scheint.

Die Sonne bohrt sich in ihren Schädel, den Hut hat sie vergessen, irgendwo; sie befingert das dünne, fettige Haar und befühlt die Kopfhaut, alles scheint zu brennen, sich aufzulösen, und erschüttert hält Ida sich die Hand dicht vor die Augen und sucht nach verkohlten Fetzen ihrer Haut.

Als Hannes und Marga schließlich doch zu ihr zurückkehren, die Kannen bis zum Rand mit roten und schwarzen Beeren, die Körbe mit Pilzen und Wurzelzeug gefüllt, Hände und Münder verschmiert, die nackten Beine von Dornen und Disteln und Gestrüpp zerkratzt, zerschunden, mit einem Netzwerk klebriger Spinnweben überzogen, und in ihren Gesichtern diese verhaltene Wut, darüber jahrelang erprobte Nachsichtigkeit, und: ich weiß, was ihr denkt, sagt Ida, da sammelt die Dicke alles, was in dieser Zeit von ihr gefallen ist: wie abgestorben, die Arme, die Beine, klagt sie und betatscht den Schädel und kittet mit Fingern die Bruchstellen und ordnet, was verlorenging, und murmelt: ihr seid verrückt, nicht ich, das hat eh keinen Sinn mehr, das alles.

Der scharfe Geruch der Angst, nach Schweiß und Urin umhüllt ihren schweren Leib mit der Aura nicht bewältigter Einsamkeit, mit der Trauer um Verlorenes, mit der Furcht vor Kommendem. Und Hannes und Marga trösten die lamentierende Schwester mit barschen, nicht unfreundlichen Worten, sie klopfen ihr Gräser und Baumnadeln vom Rock. Hannes geht zum Bach, wo sie Butter und Milch gekühlt haben; er taucht sein Taschentuch in das kalte Geplätscher und fährt damit der Schwester übers Gesicht, grob und ungehalten; blöd bist du, schimpft er; wie ein Baby, raunzt Marga, kannst dich nicht

e i n m a l zusammennehmen, blöde Gans. Und alles ist wie immer, und in der Erleichterung darüber kann Ida schon wieder lachen, am meisten über sich selbst und über die Vorstellung, einer dieser Fremden sei aus dem Ort den Berg heraufgestiegen und könnte sie so sehen; wir, im Gänsemarsch und über Wasserlöcher schwankend, Fregatten im Sturm, oder wie Verrückte aus einem Altersheim, ausgerissen, auf der Suche, was weiß ich! schreit und lacht und gakst die Dicke.

Und der Bruder und die Schwester lachen schließlich mit; das Lachen läuft ihnen voraus und hinterher, selten haben sie so viel gelacht an einem einzigen Tag, in diesen schrillen, abgehackten Tönen; fast schon hysterisch, sagt Marga. Sie schwenken die vollen Kannen, daß die Milch überschäumt und die Beeren über den Rand purzeln; sie haben das Bedürfnis, sich anzufassen, der Mann legt plötzlich seine Hand auf den Arm einer Schwester, Ida streicht mit der Hand über Margas Haar; schön, sagt sie, du hast schon immer das schönere Haar gehabt, so dicht. Sie lachen, weil der einen eine Fliege in den Mund fliegt, sie lachen, wenn die andere stolpert.

Doch plotzlich bricht auch dieses Lachen ab. Als Hannes spät noch vor die Hütte tritt, als der Mond, bleich und schön und von sonderbarer Kälte, hinter den Bergkuppen aufsteigt, als Fuchs oder Marder, vielleicht auch nur eine verwilderte Katze, von den schweren Schritten des Mannes uber den Boden aufgescheucht, ins Dunkle flüchtet, als der Mann rasch aufsieht und sich hinter dem mit Stacheldraht bewehrten Maschenzaun rund um die Hütte Flüchtiges aufzulösen scheint – da liegt über Wald und Lichtungen, über den sanften Matten des ansteigenden Gebirges das süße Verströmen der Blüten und Gräser vor dem Zerfall.

II

Im Schlaf regen sich die Frauen, auch der Bruder wälzt sich in seinem Bett, seufzend und der wandernden Qual in seinem Rücken folgend, so dreht er sich von einer Seite auf die andere, während er die Dunkelheit betrachtet, wie sie den kleinen Raum füllt, fast bis zur Schwärze. Dann steht Hannes auf, barfüßig geht er die Stiege hinunter und schiebt den Riegel an der Hüttentür zurück und tritt hinaus in eine Nacht, auch diese von sonderbarer Klarheit und noch ohne Mond oder Stern am Himmel. Er sieht zum Zaun und meint, den beweglichen Schatten dahinter zu erkennen; und vage erinnert er sich einer jungen Frau, die bunte Tücher mit langen Fransen auf den Schultern trug und damit ihre Andersartigkeit unterstrich; er, Hannes, begegnete ihr, einst, in endlosen Schulkorridoren, in Klassenzimmern und auf Höfen, auf denen man Kinder unter Aufsicht halten kann. Lauft nicht hierhin, nicht dorthin, rief sie, die neue Lehrerin, über deren holpriger Aussprache die Erwachsenen zunächst noch nachsichtig lächelten, später lehnten sie sie ab; und die Kinder, die sie in den Pausen zu beaufsichtigen hatte, hörten nicht auf sie, sie schwärmten aus, neckten die fremdartig aussehende und fremdartig sprechende Lehrerin, nicht bösartig, oh nein, mutwillig, fröhlich taten sie das, und ohne Argwohn folgte die junge Frau ihren Rufen: fang uns doch – hier sind wir – such uns! An den Fenstern zum Lehrerzimmer standen beobachtend Hannes und die anderen. Und auch jetzt, in dieser Nacht, an den Türrahmen gelehnt, horcht Hannes auf ungewohnte Empfindungen in seinem alternden, schmerzenden Körper; längst vergessen glaubte er sie, verdorrt nach dieser langen, langen Zeit der Einsamkeiten.

Irgendwo hört er jemanden seinen Namen rufen: Hannes, was ist, was tust du da vor dem Haus, ist da etwas?, eine der Schwestern im Haus ruft quengelnd nach ihm, ihre Stimmen sind sich im Lauf der Jahre immer ähnlicher geworden. Und als der Mann sich umwenden und ins Haus gehen will, da schält sich aus dem Schatten unten am Zaun ein Körper, ein Mensch, eine Frau, vielleicht, ein Kind; es legt beide Hände auf den Torriegel, und Hannes – Hannes denkt: nein, nicht, ich irre mich, dort ist niemand, nichts! und weiß doch, daß dort am Zaun jemand steht, daß sich dort ein Mensch bewegt, kein Tier.

Er löst sich vom Türrahmen und geht langsam, ganz langsam zum Tor, und der Tau aus den Gräsern legt sich auf seine nackten Füße.

***

Am Tag nach der Ankunft der Fremden ist schon früh die Luft wie schmelzendes Glas; über den Bergen hat sich eine Gewitterfront aufgebaut, mit scharfkantigem, gelbschimmerndem Rand, den die Schwestern sorgenvoll betrachten: ein Gewitter, schon wieder ein Gewitter! will die Dicke loszetern, dann sieht sie wieder die Fremde auf der Bank vorm Haus sitzen, mit geschlossenen Augen sitzt sie da; seit Stunden schon, sagt Ida leise zu Marga, kein Wort hat sie bisher gesagt, vielleicht ist sie stumm, und geschlafen hat sie, hier, auf der harten Bank, mein Gott, vielleicht ist sie schon gestorben, und wir wissen es nicht.

Sie stehen in der Tür, Ida lehnt ihren schweren Körper an den der Schwester; du riechst nach Schweiß, du solltest dich waschen, sagt Marga wie nebenbei; jetzt, da jemand gekommen ist. Gemeinsam betrachten sie die andere; wie dünn sie ist, flüstert die Dicke, mager ist sie, warum ißt sie nicht, vielleicht hat sie nicht genug zu essen, sieh dir diese dürren Arme an, diese Falten im Gesicht und diese furchtbare Blässe, wie kann ein Mensch nur so dünn und so bleich sein. Ein Flüchtling, vielleicht, rätselt die Schwester; und sie beginnen, einander an einen längst vergangenen Krieg zu erinnern, an Kälte und Angst und an dünne Suppe aus Kartoffelschalen in Töpfen auf dem Herd, und: wir waren trotzdem nie so dünn, sagt die Dicke, wir haben immer etwas zu essen bekommen – wir haben auch immer gearbeitet.

Dann schaut sie wieder die Frau auf der Bank an; wahrscheinlich eine von diesen Flüchtlingen, sagt Ida, die, von denen die Sennerin erzählt hat, du weißt. Da löst sich Marga vom Gewicht der Schwester; sie geht zur Bank und setzt sich neben die Schweigsame, und Ida sieht zu, wie sie ihre Hand vorsichtig auf den Arm der Fremden legt und dort liegenläßt; da liegt sie, und Ida starrt auf die Hand. Die andere Frau aber rührt sich auch jetzt nicht, hat die Augen geschlossen; wie lange sie schon so auf der Bank sitzt, will Ida wissen, und Marga zuckt nur mit den Achseln; was weiß ich, das ist doch egal. Auch der Bruder hat nichts gesagt, schweigend ist er am Morgen aus der Hütte und nach draußen gegangen.

Sie war einfach da, diese schmale, wohl noch sehr junge Frau, sitzt, unbeweglich und stumm, seit Stunden auf der harten Bank und hält ihr bleiches Gesicht der Sonne entgegen, und das grelle Licht läßt im dunklen, fast schwarzen Haar der Frau grüne Funken irrlichtern.

Mitleid regt sich in der Dicken, auch ein wenig Furcht; so manches geht ihr durch den Kopf: ein Esser mehr, zum Beispiel; egal, denkt sie dann, noch ist genug da, fingerdick Butter aufs Brot, das braucht sie, die Dünne. Und schon schmeckt sie das Sahnige auf der Zunge, Speichel sammelt sich im Mund; sie starrt auf die knochigen Hände des Mädchens; ob sie zupacken kann, fragt sie sich, so eine könnten wir brauchen, hier im Haus, wer weiß, wie lange wir noch alles allein schaffen. Und schon hat sie wieder ein Zwacken am Herzen, ein Drücken auf der Galle, ein Ziehen in allen Gelenken und Visionen im Kopf von helfenden Händen und tröstenden Worten, vom Verwöhntwerden und Nichtalleinsein, von einem Testament: ich vermache alles.

Da grinst die Dicke: ich spinne schon, denkt sie erheitert, seit dem Frühstück nichts mehr gegessen, wie soll ein Mensch das aushalten, und die da, wer weiß, wie lange sie nichts mehr zu essen gehabt hat. Ida geht stampfend ins Haus, Geschirr klappert, ein Wasserkessel pfeift; eine Jause, mit Speck und Butter, frisch von der Alm, ruft Ida fröhlich, die hilft dem ärmsten Tropf. Schnaufend hastet sie wieder ins Freie, rückt sie den Gartentisch vor die Bank, sie glättet die Wachstuchdecke, schiebt Teller hierhin und dahin und stellt das große Brett mit Brot, Speck und anderen Sachen in die Mitte des Tisches. So, sagt sie. Und während die Schwester ihr nur schweigend zusieht, streicht Ida Butter auf Brotscheiben, legt Speck und Käse drauf: hier noch ein Gürkchen, dort ein Tomatenachterl! und verteilt das alles auf die Teller: so, jetzt wird gegessen, das hält Leib und Seele zusammen!

Sie greift zu, schiebt sich große Brotstücke in den Mund, kaut, schmatzt und schaut aufmunternd zur Schwester und ins Gesicht der Fremden, die jetzt, endlich! die Augen geöffnet hat, auf den gedeckten Tisch vor sich starrt und sich dann leicht vorlehnt und langsam, langsam, und ohne Margas Hand von ihrem Arm zu streifen, nach einer Brotschnitte greift. Siehst du, flüstert die Dicke zufrieden und stupst die Schwester an, und: das schmeckt, was? sagt sie laut.

Auch der Bruder kommt, die Frauen haben ihn Holz hacken gehört, seit dem frühen Morgen schon; mit hellem Splittern sind die Scheite vom Hackstock zur Seite gefallen, stundenlang; das ist nichts besonderes, haben sie einander versichert, das macht er doch fast jeden Tag. Nun wischt er sich mit dem Ärmel über die Stirn; ich habe ihr gesagt, daß sie hier sitzen kann, sagt er, wohl eine von den Flüchtlingen aus dem Ort, ihr wißt. Ist sie stumm? erkundigt sich die Dicke mitfühlend, weil die Fremde auch jetzt kein Wort sagt, nur still auf das belegte Brot in ihrer Hand blickt; unter den Speckscheiben glänzt die Butter. Und weil weder Marga noch Hannes ihr antworten, schweigt auch Ida und ißt und schaut, heiter geblieben, in diesen Tag, sogar der ferne Donner stört sie in diesem Augenblick nicht; ist noch weit weg, das Gewitter, denkt sie, wir sind alle zusammen, kein Grund zum Fürchten und genug zum Essen da, für alle.

***

Marga, dicht neben der Fremden auf der Bank, hat nun doch ihre Hand vom Arm der anderen genommen; jetzt betrachtet sie den Bruder, der an der Hausecke stehengeblieben ist, den Kopf gesenkt, die Schultern hochgezogen, sodaß der Rücken eine sanfte Krümmung bildet. Sie empfängt die Wellen der Einsamkeit, die diesen Mann umgeben; und wie sie ihn ansieht, schiebt sich plötzlich das Bild ihrer einsamen Träume vor ihre Augen: es zeigt jenen jungen Soldaten, dessen Körper glatt war wie der eines Fisches und der Lieder in einer ihr unverständlichen Sprache sang. Er war ihr Feind, sollte ihr Feind sein, ein Kriegsgefangener unter unzähligen anderen, die tagsüber in Gruppen aus dem Lager geführt wurden, mit Schaufeln und Hacken auf den Schultern und Lumpen an den Füßen; manchmal brach einer von ihnen auf dem Weg zur Arbeit im Steinbruch zusammen, man warf den Körper auf einen Lastwagen und fuhr ihn weg.

An einem Abend kroch der Junge durch ein Loch im dichten Gewirr des Stacheldrahtzauns, kam geradewegs auf Marga zu, die dort spazierenging; und sie ließ sich von dem Hunger in seinen Augen verführen, auch von der Zärtlichkeit seiner Hände, vom Drängen in ihrem eigenen Innern; zu dieser Zeit war ihr Verlobter schon gefallen; so begegneten sie sich in einer nahegelegenen, halb verfallenen Hütte am Straßenrand, wo sich das Heu, süß und duftend, bis zum Dach häufte. Später trugen Marga und der Soldat Spuren davon mit sich, als ihre Wege, für eine kurze Stunde vereint, sich wieder trennten, nie haben sie sich wiedergesehen, er blieb aus dem Lager verschwunden, das Loch im Zaun wurde wieder geschlossen.

Und Marga erinnert sich auch an das Zelt der Ambulanz dicht hinter einer Front, das sie seit Jahren, seit Jahrzehnten zu vergessen versucht; taghell erleuchtet, dort, wo Kanonendonner sich mit den Schreien der Verwundeten und Sterbenden mischte. Grobe Finger auf Margas Leib, dieser Schmerz! unendlicher Schmerz in ihrem Körper und das unendliche

Verlustgefühl: es ist vorbei, früh genug, legen Sie sich irgendwo hin, kurz. Ein blutiger Fleischklumpen in einem Eimer; eine andere Frau trägt ihn weg. Blut auf einem weißen Kittel, Blut auf dem Erdboden, Blut auf Laken und auf Decken, überall dieses Rot, nur Margas Hände waren bleich und ordneten den Rock ihrer Uniform, ganz ruhig waren ihre Hände, während das Herz wie rasend schlug und der Schmerz in ihrem Leib wühlte. Das, denkt sie nun, Jahre, Jahrzehnte nach dieser Begebenheit, das ist mein Geheimnis geblieben, mein Leben lang; jetzt, da die Erinnerung freier scheint von Leid und Traurigkeit, der Körper unabhängig geworden von Begierden und Sehnsüchten und nur noch offen für den unstillbaren Hunger auf frisches Brot, auf Rahm und Käse, auf die Vorräte in Kammern und Keller, auf die pralle Süße der Beeren direkt vom Strauch – jetzt sieht Marga ohne Scham, ohne Reue wieder den jungen, schlanken, so glatten und kaum behaarten Körper jenes Soldaten vor sich, ein Junge noch und ungelenk in seinem Begehren nach ihrem, nach Margas Körper. Nichts in ihrer Begegnung war von Feindseligkeit, und ihre Uniformen häuften sich durcheinander auf dem Boden der Hütte, in diesem Augenblick für immer und in alle Ewigkeit. Und Marga denkt: selten hab ich mich so erinnert, nicht oft dieser sonderbaren Süße gedacht, die das Heu vertrömte in jener Nacht.

Doch nun, da sie den Bruder ansieht, die unaufhaltsame Starre erkennt, die seine Glieder befallen hat, da wird auch ihr Körper wieder bleischwer, seine Unförmigkeit beult das ärmellose Hauskleid, prall drängen sich die Schenkel gegen die Enge des Stoffes. Sie legt ihre Hände auf den Leib, dorthin, wo lange eine unbeantwortet gebliebene Klage gesessen hat, da spürt sie die ungenutzte Weichheit dieses Leibes, umgeben von starken Hüftknochen; gebärfreudiges Becken, sagte einmal ihre Mutter, doch nur einmal wollte dieses Becken tragen, die Frucht wurde ihm genommen: es ist vorbei, früh genug. Sie spürt den schmächtigen Körper der Fremden dicht neben sich, diese Nähe läßt ihre Gefühle, ihre ganze geheime Sehnsucht plötzlich überströmen, und sie möchte die Arme ausbreiten und sagen: komm zu mir, bleib bei mir. Worte drängen sich ihr in den Mund; mein Kind, probiert sie, unhörbar für die anderen, und: Liebe, Wärme, Geborgenheit – das alles möchte sie formulieren, jetzt, sofort, und dieses armselige Stückchen Mensch neben sich fest, ganz fest an sich drücken und dort festhalten, für immer.

Da hört sie die Stimme der Schwester: ist was mit dir; was soll sein! raunzt Marga und schluckt schwer, es ist diese Hitze, diese Hitze hört nie auf, es wird ein Gewitter geben, und wieder keine Abkühlung, ich sags euch. Ida beugt sich zu ihr, sie nimmt der Schwester den Atem mit ihrer Fülle, mit ihrem Altfrauengeruch, der aus ihrem offenen Mund strömt, vermischt mit dem Geruch nach Speck und Käse, nach Zwiebel und Knoblauch, vermischt mit dieser ganzen Aura von neugieriger Besorgnis und Wehleidigkeit. Du heulst, sagt sie nachdenklich, warum heulst du, nichts ist passiert, du mußt nicht weinen, ich bin doch bei dir.

Und zum ersten Mal in diesen Stunden hebt die Fremde in diesem Augenblick ihren Kopf und blickt geradewegs in Margas Gesicht. Ein Kind, sagt Ida erstaunt in Margas freudiges Erschrecken hinein, die ist ja noch ein halbes Kind!

***

Mira ist siebzehn; sie schreibt die Zahl, auch ihren Namen auf das Stück Papier, das ihr die Schwestern vorlegen: 17 Mira. Sie sagt ihren Namen, leise, mühsam, leicht kratzig: Mira. Sonst nichts. Sie beginnt zu lächeln, mit dem Mund, und bleibt stumm. Sie ißt ein Brot, dann noch eines, sie trinkt die Milch, die Ida ihr bringt, und leckt sich den Rahm von den Lippen. Sie läßt sich anstecken von der plötzlich ausbrechenden fröhlichen Betriebsamkeit der Schwestern; sie folgt ihnen eifrig in Keller und Kammern, schaut andächtig auf die endlosen Reihen von Gläsern und auf die anderen gehorteten Vorräte, sie läßt sich in ein voluminöses Sommerkleid hüllen, das die Dicke aus ihrem

Schrank gekramt hat: das ist mir eh zu eng, das brauch ich nicht mehr. Doch als der Tag sich neigt, als die Sonne über die Baumstämme hoch in die Wipfel wandert, schließlich über die Gipfel der Berge, erstarrt das Lächeln in ihrem Gesicht, langsam, ganz langsam. Aber die Schwestern sehen das nicht, sie lachen und stoßen einander an, wenn sie auf das Mädchen blicken; der Himmel ist wolkenlos, das Gewitter hat sich verzogen, und in der Küche brutzelt Fleisch in einem Topf auf dem Herd: das Kind muß doch was Richtiges in den Magen bekommen.

Wir sollten ins Dorf gehen, unterbricht Hannes die muntere Emsigkeit der Frauen, wahrscheinlich wissen ihre Leute nicht, daß sie hier ist, vielleicht wird sie schon gesucht. Er blickt in die erschreckt wirkenden Gesichter seiner Schwestern: es ist besser, wenn sie bei ihren eigenen Leuten bleibt, glaubt mir das.

Marga und Ida aber steigen behende die Stiege hinauf und richten das Bett in der winzigen Kammer ganz oben unterm Dach; Ida legt eines ihrer Nachthemden auf die Decke, hängt ein zusätzliches Handtuch im Bad auf, kramt nach einer unbenutzten Zahnbürste. Warum soll sie nicht hierbleiben, hier, bei uns, sagt sie, nun wieder fröhlich, wir haben Platz, hier hat sie es gut, die anderen werden froh sein, daß sie einen Esser weniger haben. Die lauten Stimmen und dröhnenden Schritte der beiden Frauen füllen das Haus; Gerüche aus der Küche ziehen nach draußen, wo der Bruder Holz hackt, unermüdlich.

Und erst, als der Tisch wieder abgeräumt ist, als das Geschirr gewaschen ist und die Dunkelheit vor den Fenstern sich verdichtet, manchmal erleuchtet von fernen Blitzen über den Bergen, da werden die Schwestern still; ermattet von der ungewohnten Eile dieses Tages, auch von der reichlichen Mahlzeit, sitzen sie in der geräumigen Wohnküche; das Mädchen Mira auf der Bank am Ofen, sie hat den Rücken an die Kacheln gelehnt und lächelt nun nicht mehr, hat wieder die Augen geschlossen und die mageren Hände im Schoß verschränkt.

So saß sie schon den ganzen Morgen da, so abwesend,

denkt die Dicke, plötzlich leicht verärgert, sie spürt das schwere Essen im Magen, Gase haben sich in ihren Därmen gesammelt, sie möchte rülpsen, möchte furzen, ohne Rücksicht auf die anderen, so hat sie es immer gemacht. Und sie empfindet, plötzlich und zum ersten Mal an diesem Tag, die Anwesenheit eines fremden Menschen in dieser Hütte als störend. Ida wendet den Blick zum Bruder, der sitzt im Schaukelstuhl und ist wohl eingeschlafen, dann sieht sie zur Schwester, die hockt neben dem Mädchen auf der Bank; wie eine Glucke, denkt die Dicke, nicht einmal ihre Kleidung berührt sich, und doch ist Nähe, ist eine seltsame Art von Verbundenheit zwischen diesen beiden Menschen spürbar, die Ida mit Neid erfüllt, mit Eifersucht. Und wie immer in diesen Zeiten, da sie sich ihrer selbst und anderer nicht sicher ist, nicht sicher sein kann!, löst sich manches in ihrem Körper: ich muß hier raus! schreit sie los und kneift die beiden Hälften ihres gewaltigen Hinterns zusammen; raus! ruft sie, sofort, sonst passiert ein Unglück! Das Mädchen ist aufgesprungen, mit geweiteten Augen, auch Marga hat sich erhoben, der Bruder ist aufgewacht, das stille Haus füllt sich mit Geräuschen; du spinnst! sagt Marga erbost, uns so zu erschrecken! Und Ida wuchtet sich aus ihrem Sessel, sie packt Miras dünnen Arm: komm mit, allein fürcht ich mich; so hasten die beiden Frauen, die eine mit rudernden Armbewegungen, die andere niedergedrückt vom Gewicht des Armes auf ihrer Schulter, zur Zimmertür. Kanonendonner zwängt sich zwischen Idas Hinterbacken, in das Getöse schreit sie: Platz! und schiebt, was ihr im Weg ist, kraftvoll beiseite, ein Stuhl kracht gegen die Wand, der Schaukelstuhl mit dem Bruder beginnt sich hastig zu bewegen. In das plötzliche, wilde Gelächter der anderen sagt die Dicke mit kindlichem Staunen: jetzt habe ich mir doch in die Hosen gemacht. Und sie hebt die Röcke und enthüllt die stämmigen, weißen Säulen, steht breitbeinig da: na, so was. Als nichts mehr fließt, nichts mehr rinnt, als sich die Flüssigkeit in ihren Schuhen gesammelt hat und von dort auf den Teppich schwappt, schreitet die Dicke, einer zornigen Göttin gleich, aus dem Zimmer, durch den Flur und ins Freie; dort würgt sie sich das nasse Zeug vom Leib und schwenkt die gewaltige Unterhose, von blassem Rosa, im Licht der Blitze hin und her. Am besten gleich im Brunnen auswaschen, sagt sie zu Mira, die ihr gefolgt ist; doch das Mädchen starrt sie nur an; geh, hau ab! faucht die Dicke, als wär ich ein Geist, noch lange nicht! schreit sie, ich bin noch ganz lebendig, ich werds dir zeigen! Energisch geht sie auf den geschnitzten Trog zu, in dem der Bruder das Quellwasser sammelt; wenn ein Blitz nun, denkt sie, und: egal! schreit sie, euch ists ja egal, wenn ich erschlagen werd, dann bin ich eben tot!

Sie läßt das verängstigte, bleiche Kind hinter sich; so nahe am Wasser, fährt es ihr durch den Kopf, gefährlich, bei Gewitter, ein schöner Tod, mag sein, plötzlich und unerwartet. Dann bückt sie sich, mit nassen Augen, und taucht die Hose, die Hände, die Arme fast bis zu den Schultern ins Waser; so, sagt sie und klatscht den triefenden Stoff aufs Holz, so und so und so!, das alles im erhitzten Rhythmus ihres Blutes, das durch ihren Körper pulsiert.

***

Später, als sich alle in der Hütte beruhigt haben, als die Blitze nur noch Wetterleuchten sind und am Firmament der Sternenhimmel erblüht ist, als sich aus den Schatten am Waldrand äsende Rehe lösen und ein Fuchs über die Wiese schnürt, als Hannes, den schmerzenden Rücken an den Fensterrahmen seines Schlafraums gelehnt, den Ruf eines aufgeschreckten Vogels hört, als aus den Nebenräumen das Atmen, Seufzen und Schnarchen der Schwestern, das Knarren ihrer Betten und das Quietschen alter Matratzenfedern zu ihm dringt – später also sieht Hannes das Mädchen Mira vorsichtig aus dem Haus treten, dort steht es, umlichtert vom Glanz der Sterne und den Strahlen einer rotgeränderten Mondsichel, dann hebt es die bleichen Arme, bewegt sich rhythmisch und wie nach einer für den Mann unhörbaren Musik, hierhin und dorthin, tanzt feengleich über das Gras, dreht sich wie verrückt, den Kopf weit nach hinten gelegt und mit den Händen dieses zu weite Kleid schwenkend. Und wenn sie dem einsamen Mann am Fenster einer Hütte ihr Gesicht zuwendet, dann sieht er ihren lachenden Mund und meint Wahnsinn in ihren Augen schimmern zu sehen, wie er damals den Wahnsinn in den Augen der Lehrerin zu erkennen glaubte, wenn sie von ihrer Heimat, von Verfolgungen und Folterungen in den Gefängnissen berichtete, vom Tod ihres Bruders, dessen abgeschlagenen Kopf sie nicht finden konnte, so begrub sie nur seinen Körper; doch das mochte er keinem seiner Kollegen, auch nicht der Direktorin der Schule mitteilen, die, nun nicht mehr nachsichtig lächelnd, der Fremden nachschauten, wenn sie, das grünlich schimmernde Haar mit einer schwungvollen Kopfbewegung zurückwerfend, über den Gang eilte, von den Kindern geneckt.

Damals, da ist Hannes der Lehrerin gefolgt, dorthin, wo, wie er aus den schmerzvoll–sehnsuchtsvollen Jahren seiner Jugend wußte, Nymphchen sich zur Mittagsstunde aus ihren Grotten wagen, wo die Halbgötter aus Höhlen steigen, wenn Pan auf der Hirtenflöte spielt, wo Pfade sich im Unterholz verlieren und der wilde Efeu mit Leidenschaft den Baumstamm umschlingt. Dort hat er sich im Unterholz verborgen, wo das Brombeerdickicht mit grünen, stichligen Händen nach ihm griff, hockte zwischen Efeu und giftigem Fingerhut und ließ sich von Mücken zerstechen, um dem wilden, dem wahnsinnigen Tanz der Elfe zuzuschauen. Dann meinte Hannes den Boden unter den Füßen zu verlieren, und der Fall in die Tiefe war mit Entzücken erfüllt; er erinnerte sich an frühe Zeiten, in denen die Urgroßmutter wundersame Geschichten erzählte und geruhsame Stille herrschte und die Geister sich noch mit an den Tisch der Menschen setzten und mit ihnen sprachen.

Jetzt, nach all diesen Jahren, beobachtet Hannes den wilden Tanz einer jungen Frau im Mondlicht ohne sichtbare Regung; er wendet sich ab und dem Dunkel in seiner Schlafkammer zu, das erfüllt ist von den tröstlichen Geräuschen aus den Nebenräumen, dem Knacken im alten Gebälk, dem Tappen

der Mäuse unter dem Dach, mit der Ahnung von der Stille nächtlicher Stunden. Da bettet er den alten, den lahmen Körper in die Nachgiebigkeit von Matratze und Federbett; er hört das Kollern eines Waldkauzes vor dem Fenster und den rauhen Ruf einer Eule, er lauscht dem Plätschern der Bäche, dem Tropfen eines Wasserhahns in der Hütte und dem leichten Wind, der gegen Morgen die Äste der Fichten und Lärchen bewegt. Er hört auch die Vögel im Morgengrauen.

***

Als Marga die Stiege herunterkommt, sitzt der Bruder schon am Tisch; ich mache dir einen Kaffee, sagt sie, und: das Mädchen ist weg, sagt Hannes und steht auf, ich werde gehen und nach ihr schauen. Auch Ida kommt nun; wo willst du sie suchen, ruft sie erschrocken, laß sie doch gehen, sie ist eh nur eine Last für uns, eine Fremde, wir haben nichts mit ihr zu tun, andere sollen sich um sie kümmern.

Doch da ist der Bruder schon aus der Hütte getreten, sie sehen ihn gehen, mit wuchtigen Schritten zerteilt er den Staub auf dem Weg vom Haus zum Zaun, er öffnet den Riegel am Tor, auch das Tor, sie sehen ihn hinaustreten. Wir haben ihn gehen lassen, meint Ida, als er verschwunden ist, und Marga spürt den Körper der Dicken, der sich an sie drängt: wie kannst du so etwas sagen. Warum soll ich das nicht sagen, meint Ida beleidigt, wir haben es doch gut mit ihr gemeint, und wenn sie nicht bleiben will, dann ist das ihre Sache, wer kann schon wissen, was solch eine sich denkt.

Schweigend trinken sie Kaffee aus Bechern, sie schmieren die Butter aufs Brot, den Honig, die Marmelade, sie denken an dies und das; der Schimmel auf den Himbeeren, meint Ida schließlich mit vollem Mund, hast du das gesehen, was machen wir nur. Und der Käse im Keller, berichtet Marga, angefressen, der Käse im Keller, schon lange nicht mehr, wir müssen Gift auslegen, der Hannes. Nach dem Frühstück steigt die Dicke schnaufend zur Dachkammer hoch: man kann nie wissen, sagt sie, es gibt so viele unehrliche Menschen in der Welt. Dort oben schaut sie lange auf das unberührte Bett, das unbenutzte Nachthemd, auch der kleine Strauß staubiger Katzenpfötchen steht noch auf dem Nachtkasten, unberührt auch die alte Bibel, die sie am Abend vorher dort hingelegt hat.

Dann sitzen die Schwestern auf Schemeln vorm Haus, die Gesichter zur Zaunpforte gerichtet, dort liegt alles im Schatten, den die Bäume um sich verteilen; bald ist Herbst, sagt Ida, ich spürs in allen Knochen, mein Herz ist auch nicht mehr, was es einmal war. Sie reden über den Bruder; in jedem Jahr schlechter, sagen sie, er tut ja nichts dagegen, wo soll das enden. Über das Mädchen sprechen sie nicht. Und da der Bruder nicht kommt und sie nicht genau wissen, wohin oder wie lange er gegangen ist, beschließen sie, den Hannes zu suchen; aber wo, fragt verzweifelnd die Dicke, da oben oder da unten oder wo. Schweratmend beugt sie sich, um sich die Schuhe zu binden: ach Gott, ach Gott!, schnauft: du könntest mir ja helfen, und wenn ihm nun doch etwas passiert ist, dem Hannes. Was soll ihm passieren, grummelt Marga; ich bin wütend, sagt sie laut, wütend auf dich, wütend auch auf den Bruder und vor allem auf mich selbst. Wegen der mangelnden Gelassenheit in diesen Dingen, erklärt sie der verblüfft dreinschauenden Schwester, früher hab ich mal geglaubt, daß sie mit dem Alter kommt. Er ist doch ein erwachsener Mann, der Hannes, sagt sie böse, er muß wissen, was er tut, und wenn er meint, daß er das Mädchen suchen muß, dann ist das seine Sache.

Aber, zetert die Dicke nun los und ordnet den wallenden Rock um Bauch und Hüften, er ist so unbeholfen, ohne uns, er läßt sich in Sachen reinziehen, du weißt; und, sagt sie und starrt der Schwester ins Gesicht, ich habe ganz einfach ein schlechtes Gefühl, du weißt, das trügt nicht, das hat auch damals schon gestimmt, als das mit der Lehrerin passierte. Irgendwie erleichtert erscheint sie jetzt, da dieser Satz ausgesprochen ist; eine Last ist von mir gefallen, sagt sie, ich spüre mich wieder! und legt die eine Hand auf die wogende Masse ihres Busens unter der Bluse, die andere auf die Stämmigkeit ihrer Beine.

***

So steht Ida in der Tür und wartet auf Marga, sie füllt den Rahmen aus, massig, mit noch festem Fleisch unter der weißen Haut; und auch die ist noch gut! schreit sie los, wie neu, und das in meinem Alter! Was schreist du so, raunzt Marga, ich hör dich doch mit dem gesunden Ohr. Schade, seufzt Ida, daß du mich nie ernstnimmst, das bißchen Selbstmitleid ist doch ganz gut, für uns beide, ironisch, wie wir sonst immer sind. Ach geh, hör auf, brummelt Marga. Heiterkeit steigt in der Dicken auf: mir geht es heute wieder schlecht! ruft sie triumphierend, wann kommst du endlich! und hört Marga im Haus herumwirtschaften und poltern; was machst du denn, wir kommen eh gleich wieder zurück. Mein Herz drückt mich, ruft sie, meine Galle schmerzt, ich glaub, ich bleib gleich im Haus, der Hannes wird auch so wiederkommen, egal, was passiert ist.

Und schon ist Ida dabei, die Schnürsenkel zu lösen und die angeschwollenen Füße aus den Schuhen zu holen: das tut gut, so gut! Geh, hör auf, sagt die Schwester, ungerührt, du überlebst uns alle. Herzlos, seufzt da die Dicke, kein Mitgefühl! nach allem, was ich, und überhaupt, du gehörst vielleicht gar nicht zu uns, ha! vertauscht hat man dich, damals, im Krankenhaus, da ging eh alles drunter und drüber. Und sie mustert die Schwester aus aufgerissenen Augen, überwältigt von dieser Möglichkeit. Du spinnst, meint Marga ungerührt, du hast schon immer gesponnen.

Und dann verriegeln sie Tor und Pforte, wanken nebeneinander den Pfad zum Dorf hinunter, der zum Weg wird, zur Waldstraße, auf die sich die Sonne funkelnd ergießt; schau, der Löwenzahn, sagt Ida und denkt an Salat und Kräutersoße; schon wieder Essen, sagt Marga erbost. Was weiß ich, meint Ida ungerührt, wann wir das letzte Mal in den Ort gegangen sind; du noch nie, erwidert die Schwester grob, und das war sicher auch gut so, meint sie, mit dir kann sich kein Mensch sehen lassen, so fett und ungepflegt, wie du bist. Immer hackst du auf mir herum! schreit Ida; in diesem Augenblick, da die

Mücken sie plagen, der Schuh sie drückt, die Hitze nach ihr greift und sie den Schweiß in den Augen hat und anderswo, da könnte sie der Schwester den Hals umdrehen; jawohl, könnte ich! sagt sie laut, dann hätt ich meine Ruhe. Sie bleibt hinter der Schwester zurück, richtig wütend jetzt und mit einem Kloß im Hals, an dem sie zu schlucken hat; ich heul nicht! ruft sie, den Gefallen tu ich dir nicht! und hat doch den Brocken im Hals, der nicht rauf und nicht runter geht, der ihr den Atem nimmt und sie schwer schlucken läßt. Ich such mir jemanden, der mir hilft! schreit sie in den Wald hinein, ich kann alle bezahlen, ich brauche keine Almosen.

So wankt die Dicke hinter Marga her, durch diesen schier endlosen Wald und auf einem Weg mit Steinen, die sich durch Idas Schuhsohlen zu bohren scheinen; schon humpelt sie, halbblind von der blendenden Sonne, die ihr auf den Schädel knallt, halb erstickt am Kloß in ihrer Gurgel. Vor sich sieht sie ihren verkürzten Schatten, ein Koloß, denkt sie, das bin ich wohl auch, eine Kugel, so roll ich den Berg hinunter. Die Vorstellung macht sie für einen Augenblick wieder heiter; ein Glück, sagt sie, das ging mir noch nicht verloren.

Doch der Augenblick ist schnell vorbei, und alles, alles ist wieder wie sonst auch, denkt Ida und versucht, die Unordnung in ihrem Hirn zu überschauen und faßt schließlich dieses sonderbare Gefühl in ihrem Innern und das Chaos im Kopf in einem einzigen Wort zusammen: verdammt! Der Schock über diesen Ausbruch und über die Lautstärke ihrer Stimme im Wald ist zu groß; Ida stürzt nach vorn, auf die Knie, sie spürt die Steine, die sich in ihr weiches Fleisch bohren; recht so, denkt sie, Buße tun, ach Gott, verzeih, nie wieder, ich hab nur dich.

Im Wald ist es ganz still geworden.

***

Marga aber geht schnell, ist weit vor der lamentierenden Schwester auf dem Weg, ist nichts als Verbissenheit, nichts anderes als Ärger, auf alles, und sie spürt, wie ihr Körper sich aufbläht, wie er sich füllt, mit Gas oder sonstwas, denkt sie. Ihre Haut fühlt sich an, als könnte sie im nächsten Augenblick aufbrechen, zerplatzen, sie würde in Fetzen davonfliegen, ihre Reste könnten sich in diesen hohen Bäumen verfangen, würden verfaulen und zum Himmel stinken. Oder von den Vögeln gefressen werden; oder, denkt Marga, vielleicht doch in diesen blauen, blauen und weiten Himmel aufsteigen können, nur ein einziges Mal, nur Lastlosigkeit sein, wünscht sie sich, nur einmal. Hinter sich hört sie die Schwester keuchen und schnaufen; wart doch auf mich, warum rennst du so, ruft sie, und Marga denkt: ein einziges Mal nur. Weg, sagt sie, weit weg. Idas Stimme hinter ihr wird leiser, entfernt sich; und plötzlich hört Marga die Vögel in den Bäumen, sie hört ein Eichhorn, das durchs Laub raschelt, die Maus, den Käfer, den sanften Schlag der Schmetterlingsflügel hört sie, die Raupe im Gebüsch, wie sie sich über den schmalen Rist eines Blattes bewegt. Das alles hört sie, und so, denkt Marga, soll es bleiben, und das mit dem Hörsturz ist sicher auch Einbildung. Sie schreitet schneller aus, mitten hinein in alle diese Geräusche, die sie verloren glaubte. Irgendwo sind Kinderstimmen, darauf geht Marga zu, weg vom Weg; es ist nicht weit, denkt sie und sieht schon von der Sommersonne gebräunte Gesichter vor sich, mit dem Lachen in Augen und auf den Lippen, und die Kinder rennen zwischen Baumstämmen herum, fröhlich, wie Kinder nun einmal sind, denkt Marga, nun rennend, die Füße durchs trockene Laub schleudernd, das Unterholz mit kräftigen Armbewegungen zerteilend. Die Hitze treibt ihr das Wasser aus allen Poren; aber, denkt sie, das ist so im Hochsommer, so war es immer, so wird es immer sein. Und tief in ihrem Innern füllt sich ein Loch.

Doch als sie zwischen die lichtdurchfluteten Bäume gerät, wo die Nadeln an Fichten und Lärchen die Sonne filtern, sind die Stimmen der Kinder verstummt. Im Gras, bestäubt und zerstochen, hockt Ida im Rund ihres aufgeblähten Rockes, sie wendet ihr blasses Gesicht, teigig wie der Vollmond in klaren Nächten, auch seltsam hilflos, kindlich wirkend, mit diesen aufgerissenen dunklen Augen, dem weinerlich verzogenen Mund, faltenlos das alles und irgendwie aufgelöst, darüber das strähnige Haar, das, denkt Marga, dringend gewaschen werden müßte; komm, du Baby, sagt sie und hilft der Schwester behutsam hoch. Gell, ich bin dein Baby, dein dickes, fettes Baby, greint Ida, und: ich hab gedacht, du verläßt mich, für immer, sagt sie im normalen Tonfall. Wie könnt ich, erwidert die andere; und gemeinsam gehen sie weiter, auf einem Weg, der, irgendwann einmal, im Ort enden wird, so genau wissen sie es beide nicht, sie sind nur einmal dort gewesen, gemeinsam mit dem Bruder, um im Rathaus den Kaufvertrag zu unterschreiben; merkwürdige Menschen leben dort, sagt Marga, ich könnt mit ihnen nicht warm werden.

Ida muß sich auf die Schwester stützen; der Schreck, weißt du, erklärt sie, dann plappert sie, schon wieder munter, über dies und das und quetscht dabei mit ihrer fleischigen Hand den Arm der Schwester; diese Hitze, sagt sie, die macht mich ganz krank, wir sollten wieder einmal ans Meer fahren, du weißt, wie schön es da ist, am Meer, mit all dieser frischen Luft und den Wellen, wie gemalt, wie lange waren wir nicht an einem Meer. Was weiß ich, antwortet Marga, zwanzig Jahre, vielleicht, oder mehr, ich weiß es nicht. Muscheln werde ich sammeln, träumt die Dicke laut, ganz zarte, rosa Muscheln, und: die zerdrückst du eh, mit deinen Pratzen, meint Marga, noch gutmütig; und schon sind sie wieder mitten drin in diesem Hin und Her von Worten und kleinen Sticheleien, die nicht tief gehen, ein bißchen unter die Haut gehen sie, der Schmerz ist noch nicht Schmerz, aber bereits erspürbar; ein Zeichen, daß wir noch am Leben sind, denkt Marga, obwohl es manchmal anders zu sein scheint.

Wie alt sind wir, fragt sie im Gehen, das eher ein Wanken, nein, denkt sie, ein Schwanken ist es, wie Schiffe bei hohem Wellengang sieht sie sich und die Schwester durch diesen Wald ziehen, schrecklich! stöhnt sie; wieso, fragt Ida, für manche ist das kein Alter, ich mit neunundsechzig, du mit siebenundsechzig und der Hannes mit seinen dreiundsechzig. Und nie verheiratet! ruft sie, alles unverbraucht, das nehmen wir alles mit ins Grab, am besten auch unser Geld, wo sollen wir das noch ausgeben, in dieser Einöde, in dieser Einsamkeit. Und mit der freien Hand preßt die Dicke ihre Handtasche an den Busen; hast wieder alles mitgeschleppt? erkundigt sich Marga, du spinnst; wie immer, ich weiß, sagt Ida schlicht, ich kann nicht anders, auch du wirst mich nicht mehr ändern.

***

Am Himmel steigt die Sonne in den Zenit, die Gräser erzittern in der Hitze, und der Wald dehnt und dehnt sich; ohne Ende, ohne Rand, murmelt die Dicke und hängt sich schwer an den Arm der Schwester. Idas Schritte sind schleppend geworden; so werden wir nie ankommen, seufzt die Dicke, wo wollen wir überhaupt hin, ich will nach Hause! greint sie los, ich will endlich, endlich! diese Schuhe ausziehen, diese enge Bluse und diesen dicken Rock. Ich schwitze, teilt sie der Schwester im normalen Tonfall mit, ich bin klatschnaß, von oben bis unten, ich schwitze wie ein Schwein; sie läßt sich, die Röcke um sich breitend, ins Gras fallen; es riecht, denkt Marga, die stehengeblieben ist, es riecht plötzlich streng nach zerdrücktem Grün, da, wo sie hockt, und nicht mehr so intensiv nach Urin und anderen Körperausdünstungen. Nur ein Weilchen, erklärt Ida, nur ein Weilchen; ich weiß, meint die Schwester ärgerlich, ich kenne deine Weilchen, die nehmen kein Ende. Auch ihr macht die Hitze zu schaffen, diese stehende, diese unnachgiebige Hitze in diesem Wald, in dem der Weg verlorengegangen ist, irgendwann und irgendwo, sie kann sich nicht mehr daran erinnern, wann sie den Weg verlassen haben. Seit Stunden, denkt Marga, seit Stunden hatschen wir quer über Lichtungen und durchs Gestrüpp; doch als sie den Kopf mühsam in den Nacken legt und nach dem Stand der Sonne sieht, hat sich diese glühende Scheibe kaum vorwärtsbewegt, vielleicht gar nicht, sagt Marga, vielleicht ist dieser Wald, ist das alles nur ein

Alptraum. Das unaufhörliche Geplapper der Schwester, die jetzt wie eine aufgeblasene Kröte im Gras hockt, geht ihr auf die Nerven; sei endlich still! fährt Marga die Dicke an, sei endlich still! Und eine Weile ist Ida tatsächlich ruhig, sie kneift die schmalen Lippen fest aufeinander, nur ein Strich ist noch da, in ihrem Gesicht, wo üblicherweise alles in Bewegung ist, unaufhaltsam und immer; auch in den Nächten, denkt Marga, hat sie noch was zu reden. Und während sie das halbabgewandte, das verbissene Gesicht der Schwester betrachtet, wird ihr die Stille im Wald bewußt; kein Vogel ist zu hören, nicht das Summen der Insekten, nicht ein Knacken im Gehölz. Noch nicht einmal das Atmen der anderen Frau kann sie hören oder ihren eigenen Herzschlag. Jetzt bin ich ganz taub, sagt sie. Und weil Ida nicht antwortet, nicht den Kopf dreht und nicht einmal die Augen zu bewegen scheint, tatsächlich so, als habe sie nichts gehört, denkt Marga erschrocken: und stumm auch noch. Da redet sie los und redet; als wäre ein Korken herausgezogen, denkt sie, eine Sperre geborsten: als Kind, sagt sie, als Kind hatte ich immer Angst, daß alles, was ich sah, verschwinden konnte, wenn ich nur den Rücken drehte, daß nur große, leere Flecken da übrigblieben, wo das Elternhaus stand oder die Schule oder anderes, eine ganz schreckliche Angst war das, schlimmer als die Angst vor der Dunkelheit, auch davor fürcht ich mich, weißt du, und immer war ich es, die in den Keller geschickt wurde, obwohl doch jeder wußte, wie sehr ich mich ängstigte. Das hielt an, sagt Marga, ohne sich zu hören, das hielt Jahre an, und auch heute noch fürchte ich mich vor dem Verschwinden und vor der Dunkelheit; nur, ich lasse es niemanden merken. Ihr, sagt sie, du und der Hannes, ihr haltet mich für stark und gesund, alles muß ich für euch machen, an mir hängt alles, das war schon immer so. Und dabei, schreit Marga los, dabei möchte ich einmal, ein einziges Mal! jemanden haben, auf den ich mich stützen kann! Jemanden, der mir die Arbeit abnimmt – ein Kind, einen Sohn oder eine Tochter wünsche ich mir, habe ich mir immer gewünscht, um im Alter nicht allein zu sein. Mein Herz hätt ich für ein Kind hergegeben.

Allein, ja, redet sie und redet, allein bin ich, allein ist jeder von uns, obwohl wir so eng aufeinander hocken! Sie betrachtet das schüttere Haar der vor ihr sitzenden Schwester, die Kopfhaut ist über und über mit kleinen Schweißperlen bedeckt; so viel Liebe ist in mir, sagt Marga, so unendlich viel Liebe, und niemand ist da, der sie mir abnimmt.

Da hebt die Dicke ihren Kopf und starrt der Schwester ins Gesicht; närrisch warst du schon immer, meint sie, ganz gelassen, ganz ruhig; und: wieder umsonst, denkt Marga erbittert und gleichzeitig erleichtert, als sie wieder Stimme und andere Geräusche hören kann; die rührt nichts, die ist wie ein Klotz, gefühllos, egoistisch, fett, faul und gefräßig, und: ohne Herz! sagt sie laut. Ida aber streckt der Schwester die Hand entgegen: da, die ist real, hilf mir hoch. Von Verschwinden keine Spur, meint sie und deutet auf den plattgewalzten Fleck im Gras: ich hab dir zugehört, ich merk mir alles, auch wenn ich nicht gleich darüber rede, du weißt, das haben wir nie gelernt, dieses Miteinanderreden, das ist halt unsere Art, daß wir alles für uns behalten, das macht einsam, ich weiß. Aber daran werden wir nichts mehr ändern können, nicht mehr in diesem Leben, sagt die Dicke; sie legt der Schwester die Hand auf den Arm: komm, wir gehen den Hannes suchen. Und fügt hinzu: und das Kind.

Als sie weitergehen, nun eng beieinander, entdeckt die Dicke einen Buschen Farnwedel im Gras; fürs Bad, du weißt schon, sagt sie munter, ich geh zuerst rein, dann du, der Hannes zuletzt, das tut ihm gut, ihm und seinem Rücken. Pfui Teufel, regt sich Marga auf, da, wo du drinnen gelegen bist, geh ich nicht mehr rein. Blöde Kuh, meint Ida gemütlich; so hacken sie schon wieder aufeinander herum, als wäre nichts anders gewesen; für einen Augenblick war etwas anders, erinnert sich Marga mit Bedauern. Sie sieht die Schwester an, doch Ida hat störrisch den Kopf abgewendet; sie stehen dicht beieinander und doch voneinander entfernt, schweigend, hier, in diesem Wald, in dem sich Licht und Schatten vermengen, wo Entfernungen verkürzt sind und der kurze Weg über die Lichtung zum Wald endlos erscheint.

Doch weil sie nie lange miteinander schweigen können, sagt sie plötzlich: weißt du noch. Die andere antwortet: ich weiß. Schon sind sie wieder mitten drin in diesem Leben, das sie miteinander teilen, so lange sie zurückdenken können. Der Fluß, kichert die Dicke, und wir beim Angeln mit Mutters Wäscheleine, die hat sie gesucht, und die Stelle, wo der Hannes die Vipern mit der bloßen Hand gefangen hat, die Mutprobe am Berg, weißt du noch, der Georg, der aus dem Nachbarhaus, der ist schon mit neunzehn gestorben, hast du das gewußt. So geht das weiter, ein unaufhörliches Geplapper, unterbrochen von den rauhen, kurzen Antworten, ein Fluß, der gemächlich ans Ufer schwappt; man sieht nur seine Oberfläche, denkt Marga. Nur einmal, als sie endlich, endlich! wieder auf einen Weg geraten, bleibt die Dicke stehen und schaut der Schwester geradewegs in die Augen: warum hast du nicht geheiratet, Verehrer hast du genug gehabt. Ach geh, meint Marga, überrumpelt, du warst die Schönere. Einen Augenblick lang sehen sie sich in die Augen; die Unmöglichkeit der Nähe erzeugt Bedauern in ihnen.

Die Schönere bin ich heute noch, erklärt Ida schließlich, auch wenn ich dick bin wie ein Schwein und ekelerregend mit dem Gestank. Ändere es doch! sagt Marga sehr laut.

Und Ida löst sich von der Schwester, geht vor ihr her, und Marga sieht ihr zu, wie sie den Weg entlangwatschelt, eine aus der Form geratene Frau, so schwappt sie schlurfend über den Weg; und Marga erinnert sich an andere Zeiten und daran, daß diese Schwester einmal eine schöne, junge Frau war, auch daran, daß sie alle in dieser Familie ihre Geheimnisse voreinander gehabt haben. Sie erinnert sich daran, wie sie sich vor dem Zerreißen, Zerpflücken, vor dem Auseinandernehmen von Träumen und Wünschen in dieser Familie gefürchtet hat, die, in ganz frühen Jahren noch aus Unerfahrenheit, später zuweilen, wenn der Strom der Gefühle Dämme brach, offen und gezielt geäußert wurden. Was – den Spinner! riefen dann Mutter und Geschwister wie aus einem Mund; was braucht ihr andere, ihr habt doch euch, erklärte die Mutter, ihr seid euch genug. Freunde und Freundinnen kamen nur einmal ins Haus; lächelnd vorgebrachter Spott, bitterer Zynismus und eine seltsam berührende Art von Humor vertrieben andere Menschen rasch aus dem Leben dieser Familie.

Auch an das dunkelste ihrer Geheimnisse erinnert sich Marga, jetzt, in diesem Wald; jenes Geheimnis, um das sie in ihren einsamsten Nächten weint, während die Geschwister sich schlaflos in ihren Kammern bewegen, auch sie getrieben von den Gedanken an ein anderes Leben, mag sein, denkt Marga. In ihrem Innern ist das alles mühsam zugedeckt, auch die Zeit der nächtlichen Streifzüge durch die Straßen fremder Städte und die Begegnungen an Orten, über die im Elternhaus nie gesprochen wurde. Den letzten Hauch hastiger Umarmungen zwischen fremden Laken hat Marga sich längst abgewaschen; sie hat ihre Haut geschrubbt, bis sie eine andere Röte hatte als jene, die bei der Berührung mit einem fremden Körper entstand. So sauber, so gereinigt, so kasteit, denkt sie, so konnte sie sich den kritisch – musternden Blicken der Mutter und der Geschwister stellen, diesen überwachen, alles – sehenden Blicken; erst dann konnte der Panzer gegen die vernichtenden Spötteleien wirklich Panzer sein, und Worte wie "ich mag den oder den ganz gern, kann ich ihn einmal mitbringen", über die die anderen mit Begeisterung herfielen, die Anlaß gaben zu endlosen, gnadenlosen Gesprächen und zynischen Bemerkungen, wurden plötzlich wieder das, was sie sowieso waren: nichtssagend, belanglos, wertlos.

Ein ewig währender Kampf, ein nicht endender Kleinkrieg, auch jetzt noch, im Alter, denkt Marga, während sie der von einer Seite zur anderen schwankenden Schwester folgt und dabei den Abstand zwischen ihnen mit jedem Schritt ein wenig vergrößert. Warum das alles? fragt sie den Rücken der anderen Frau; warum können wir nicht in Frieden leben, warum sind wir uns fremd geblieben, obwohl wir uns doch kennen sollten? Gaukler sind wir, denkt sie und kostet die Bitterkeit im Mund; wir gaukeln uns Gemeinsamkeit vor, im Grunde genommen sind wir die einsamsten Menschen der Welt.

Ida ist stehengeblieben; der Weg ist weg, klagt sie, auf einmal ist er zuende, wir haben uns verlaufen, das ist also unser Ende. Blödsinn! fährt Marga sie an; da wendet die Dicke ihr Gesicht, und die Schwester sieht den weinerlich verzogenen Mund, dieses zerlaufende Runde faltet sich und bettelt um Zuneigung und um Mitleid.

III

Zügig ist der Alte ausgeschritten, in diesen Morgen hinein und auf den Herzschlag in seinem Innern horchend. Dort, wo die Bäume nicht mehr gerade und hoch in den Himmel wachsen und ihre verkrüppelten Zweige dicht über dem Boden ausstrekken, hat er sich noch einmal umgedreht und ins Tal gesehen; die Landschaft lag schon unter dieser Dunstglocke, die andauernde Hitze erzeugt. Hannes beobachtete eine Weile das Mädchen Mira, das mit gesenktem Kopf am Wegrand hockte und dann aufstand und in diesen Dunst eintauchte, auf dem Weg ins Dorf; Mira sah ihn nicht, er rief sie nicht. Und Hannes stieg über die Alm zum Paß; dort saß er unbeweglich auf einem gefällten Baumstamm mit durchfurchter Rinde und betrachtete die Emsigkeit der Ameisen zu seinen Füßen; sie trugen Blattstücke und winzige Zweige und anderes davon, zuweilen auch einen toten Artgenossen oder den halbierten Körper eines anderen Insekts. Er sah lange die Bewegungslosigkeit des dürren Grases unter seinen Füßen, und die Stille um ihn herum war anders als die Stille des Mooses im Wald oder die Stille der Schatten der Bäume oder die Stille der kleinen Bäche, die nach allen Richtungen winzige Länder erkunden. Nun, gegen Mittag, versengt die Sonne den ungeschützten Nacken und die bloßen Arme des Alten. In seinem Kopf dreht sich eine Melodie, unaufhörlich und mit Getöse, und manchmal hebt Hannes die Hände und legt sie an den Schädel; er möchte ihn aufbrechen spüren, sich entleeren sehen, er möchte die Spritzer grauer Gehirnmasse auf dem felsigen Boden erkennen und zuhören, wenn der Lärm dieser Melodie vom Wind fortgetragen wird. In Bruchstücken, denkt er, auskotzen, das alles, zuerst diesen täglichen Singsang der Krähen im Haus, dann die Bruchstücke seiner Alpträume, die ihn jetzt, im Alter, so unnachgiebig verfolgen, in den endlosen, schlaflosen Nächten, zuweilen auch an den Tagen. Und Hannes dreht das müde, graue Gesicht in den kühlenden Wind, der in dieser Höhe nichts von der Hitze im Tal zu ahnen scheint, und er imitiert die Stimmen der Schwestern; geh nicht, du darfst nicht, du mußt, du sollst, achte darauf, denk daran, iß, schlaf; das alles in dem hell–schrillen Gezwitscherton der Dicken und mit dem raunzigen von Marga.

Ich will, sagt Hannes, ich will, daß das alles ein Ende hat. Er erinnert sich vage an das Gesicht des Mädchens Mira, das ihm ganz nah gekommen ist, in jener Nacht, als er zur Pforte ging, den Tau auf den nackten Füßen und Sand zwischen den Zehen fühlte; er fürchtete sich davor, in der Landschaft dieses Gesichtes Bekanntes zu finden. Und spürte, während sein Blick über feinknochige Konturen glitt, tief im Innern den Drang, mit den Fingerspitzen die Haut dieses Gesichtes zu berühren, ihrer Struktur zu folgen und dabei ein Begehren nach Nähe aufkommen zu fühlen, wie er es so selten verspürt und sich doch danach gesehnt hatte, sein Leben lang. Dann hatte er die Augen geschlossen, bevor er tatsächlich die Hände hob, um sie um diesen zartknochigen Schädel zu legen, das zerbrechliche Gebilde zu umfassen, beschützend. Und das Drängen in ihm ließ nach; er hat sich geirrt, nichts Bekanntes ist in diesem Gesicht.

Doch die Furcht blieb, sitzt noch tief in ihm, und er hält nun den eigenen Schädel mit beiden Händen fest umklammert, als könne er damit den Fluß ohne Ende, diesen Gedankenstrom aufhalten, der sich durch seinen Kopf wälzt, unaufhörlich, und Bilder erzeugt, die er jetzt zudecken möchte mit dem Gewicht dieses Himmels, dieser Berge rundum.

Aber wenn er die Augen schließt, durchzieht ein Strom von Menschen, dicht hintereinander, diesen Raum – nicht jene, die er in einer vergangenen Nacht über den Paß kommen sah; die, die er jetzt sieht, sind auf dem Weg zu einem Bahnhof; dort werden sie in Güterwaggons steigen, klettern, man hat ihnen erlaubt, wie er später vom Vater erfährt, einen Koffer oder einen Rucksack mitzunehmen, um den Hals ist ein Schild zu hängen, auf dem in deutlich lesbarer Schrift Name, Geburtstag und Kennummer angegeben sind. Der Laut, mit dem die Schiebetüren der Waggons geschlossen werden, gleicht der Salve aus einem Maschinengewehr, er hat in den vergangenen

Jahrzehnten nichts von seiner Intensität verloren, bohrt sich ins Gehirn. Komm weg vom Fenster, hört Hannes eine Frauenstimme – die Stimme der Mutter? – das geht uns nichts an, alles hat seine Richtigkeit. Diese Stimme verlor sich in jener Nacht mit dem harten Schlag ihrer Hand auf seinen Mund in einer Lautlosigkeit besonderer Art – durchdringend und glasklar wie ein Vakuum, eine Ruhe, in der die Nerven vibrierten, eine Stille, wie sie nur in einer riesigen, völlig toten Welt herrschen konnte.

Und Hannes, nun nicht mehr zwölf, dreizehn Jahre alt, öffnet die Augen, erleichtert, er ist 63 Jahre alt, sein Rücken verknöchert sich, er spürt das Altern im Körper, auf der Haut.

Er verläßt den Ort, mit langen Schritten durchwandert er die baumlose Landschaft, weil die wispernden Stimmen ihn unablässig drängend verfolgen: weißt du noch, erinnere dich, sieh, bedaure. In lockerer Folge formen sich jetzt vage Frauengesichter vor seinem Blick, Frauen, denen er begegnet ist; das Gesicht der ersten Freundin etwa, die er nach einem Bombenangriff eines längst vergangenen Krieges auf die Stadt unter den Trümmern der zerstörten Brücke fand, wo sie sich am Abend vorher noch getroffen hatten und über Liebe redeten und über eine gemeinsame Zukunft nach diesem furchtbaren Krieg; sie waren beide fünfzehn Jahre alt, und Hannes trug eine Uniform, die ihm zu groß war, man hatte ihm auch ein Gewehr in die Hand gedrückt und ihm erklärt, daß er auf jeden Fremden zu schießen habe, der sich in diesen letzten Tagen vor der Kapitulation noch der Stadt näherte. Bevor Hannes und die anderen Jungen aus seiner Schule aber den Graben ausheben konnten, aus dem heraus sie auf Befehl eines grauhaarigen Soldaten die anrollenden Panzer aufhalten sollten, hatten Brand- und andere Bomben die Stadt in Schutt und Asche gelegt. Er war durch die rauchenden Trümmer zur Brücke gegangen, deren Mittelteil nicht mehr existierte; er hatte die Freundin unter den Trümmern hervorgezerrt und ihre Hand gehalten, bis andere Leute kamen und ihn wegschickten. Die Toten dieser Nacht wurden auf dem Friedhof begraben, in aller Eile und in hastig geschaufelten Gräbern, rasch und in der Morgendämmerung, während über die Straßen die Panzer auf die Stadt zurollten, Soldaten von einer Ruine zur anderen stürmten, Türen aufbrachen, Treppen hinauf- oder hinabpolterten und schossen und aus der Stadt dichter Qualm gen Himmel stieg. Hannes hatte zugesehen, wie die Erde auf den Leichnam des Mädchens geworfen wurde; schwarze Erde war es, feucht und klumpig, so polterten die Schollen in die Grube. Er blieb im Schatten eines Grabsteins geduckt, die Schultern hochgezogen, den Kopf gesenkt, klein, winzig wollte er sein, er fröstelte, er wollte die Wärme eines anderen jungen Körpers an seinem spüren, er hatte schon vergessen, wie warm, wie nah ihm der Körper seiner Freundin einst gewesen war. So horchte er auf das Weinen der Frauen und auf die beklemmende Stille unter den wenigen Männern auf diesem Friedhof, die noch am Leben waren und sich am Grab der Jungen versammelt hatten. Dann waren sie alle zurückgekehrt in die rauchende Stadt, die Jungen hatten die unförmigen Uniformen ausgezogen und sie zusammen mit den Gewehren unter Trümmern versteckt; sie hatten sich in den Kellern verkrochen, wo sich schon andere verkrochen hatten, auch der Vater, ebenfalls ohne Uniform, in der er so unantastbar, so stolz gewirkt hatte, auf dem Kasernenhof und in den Straßen, halbnackt nun und ohne Schuhe und mit der stummen Bitte im Blick: ich bin nicht da, ich bin nicht anwesend; mit hängenden Schultern und verstört wirkenden Augen hockten sie da, Junge und Ältere und Alte, in meterhohem Schutt, sie erzitterten, wenn die fremden Soldaten kamen, wenn diese die grauen, zuweilen auch trotzigen Gesichter der Übriggebliebenen dieses Krieges musterten, Zigarettenpäckchen und Kaugummistreifen, manchmal einen Riegel Schokolade für verschreckte Kinder mit seltsam alten Augen zurückließen und die Älteren unter den Jungen und Alten abführten.

Den Abgrund in seinem Innern versuchte Hannes in späteren Jahren in den Begegnungen mit anderen Frauen zu füllen; doch die Erinnerung verhinderte wohl Liebe. Nur manchmal ergab sich eine kurze Parallelität der Wege; Hannes beißender Sarkasmus erzeugte die Unmöglichkeit der Nähe, schließlich gingen er und diese Frauen auseinander, als hätte es die Augenblicke der Zweisamkeit nie gegeben. Ab und zu meinte Hannes Bedauern in den Augen einer Frau zu sehen, dann wandte er sich umso hastiger ab, um zu gehen.

Das war ihm gelungen, jahrelang. Bis zu jenem Tag, an dem die neue Lehrerin, ein Mädchen fast noch, in die Schule kam; er stand am Fenster, wenn sie auf dem Pausenhof die Kinder zu tadeln versuchte, oder er verbarg sich hinter den Bäumen auf der anderen Seite der Straße, wo sie, dichtgedrängt, mit ihrer Familie und anderen Flüchtlingen in einem maroden Haus untergebracht war, und folgte ihr heimlich, wenn sie zu ihren Wanderungen durch die Wälder aufbrach, und beobachtete sie, atemlos, bei ihren wilden Tänzen auf Lichtungen und Wiesen, einen Sommer lang. An einem Abend im Herbst geriet er auf dem Weg zu ihrem Haus in eine dieser Gruppen von Jugendlichen, die sich Hakenkreuze auf die kahlen Köpfe schmierten und in Lederkleidung durch die Stadt zogen, johlend, randalierend, Bierdosen schwenkend und mit klirrenden Ketten am Gürtel. Er hatte sich vorsichtig im Hintergrund gehalten, und als die Gruppe vor dem Haus, in dem die Asylanten untergebracht waren, anhielt und wüste Beschimpfungen brüllte, verbarg er sich im Dunkel einer Toreinfahrt; dort blieb er, beobachtend, abwartend, einer seltsamen Erstarrung verfallen, auch dann noch, als er die brennende Fackel auf das Haus zufliegen sah, als eine Fensterscheibe barst und das Feuer sich explosionsartig im gesamten Untergeschoß des Hauses ausbreitete und die Jugendlichen johlend davonrannten, hierhin und dorthin. Gelähmt, unfähig, sich zu rühren oder um Hilfe zu rufen, so hatte der Mann die rasenden Flammen beobachtet, die durch die Fenster hindurch die Mauern beleckten, durch alle Öffnungen züngelten; er hatte den Rufen der anderen Leute zugehört, den Schreien, die aus dem Haus kamen, auch dem wilden Signalton der Feuerwehr; da, endlich, konnte er sich entspannen, jetzt konnte er sicher sein, daß da geholfen wurde, daß Menschen eingriffen, um andere zu retten.

Er war auf einen Stapel von Kisten in der Einfahrt gestiegen, um genauer sehen zu können. Und er sah – sah! Gesichter in diesem Feuermeer, auch das Gesicht einer jungen Frau in einer Fensteröffnung dicht neben der Tür. Da war er in plötzlicher Panik vom Kistenstapel gesprungen, völlig von Sinnen, wie damals, als er nichtsahnend zum Dachboden eines Hauses hochgestiegen war, um seine Tauben zu füttern, und der Vater zappelte noch am Strick, die Zunge, blau, von weißen Kratern übersät, hing ihm aus dem Mund, der Hals angeschwollen, der oberste Hemdenknopf sprang vom Stoff und fiel mit leisem Ton auf den Holzboden, und keine Schere, kein Messer, nichts da, mit dem man den Strick hätte durchschneiden können – wie damals also völlig von Sinnen, so war er nun angesichts des brennenden Hauses durch den Hof eines ihm fremden Gebäudes gerannt und über einen Zaun und andere Hindernisse gestiegen und erst nach Stunden wieder in die Gegend gekommen, in der er und die Schwestern in einem Haus lebten, das den Krieg fast unversehrt überstanden hatte, wo nur die Blindgänger von vor vielen Jahren abgeworfenen Brandbomben das Dach zerstört hatten; jemand hatte es repariert, mit alten Schindeln, zuweilen regnete es durch.

In den folgenden Tagen nach diesem ersten Brandanschlag auf ein Asylantenheim in dieser Stadt und anderswo im Land hatte ihn die Polizei abgeholt und stundenlang, höflich zuerst, dann zunehmend mißtrauisch, gar ungläubig, befragt; er blieb wortkarg: ja, er war in der Nähe gewesen, hatte niemanden erkannt, junge Leute eben, verblendet, nein, er hatte sie nicht beachtet, es sei nicht seine Aufgabe, für Derartiges sei doch die Polizei zuständig. Man hatte ihn, beiläufig, wie ihm vorkam, nach seiner politischen Gesinnung befragt, er hatte nichts zu verbergen und offen geantwortet: mit dem aufkommenden Rechtsradikalismus habe er nie etwas zu tun gehabt, nein, er sei nie bei einer entsprechenden Versammlung gewesen, habe nie für entsprechende Publikationen geschrieben, ja, er sei ein ganz normaler Bürger des Landes, er unterstütze den Staat wie jeder andere auch, zahle pünktlich seine Steuern, sei, seiner Meinung nach, immer unauffällig gewesen. Er war den merkwürdig intensiven Blicken der Polizisten nicht ausgewichen, die ihn am Ende dieser tagelangen Befragung doch noch nach seinem Vater fragten: ja, hatte er ruhig geanwortet, Gestapo, nach dem Krieg entnazifiziert. Er hat sich erhängt, als man ihn, 1947 oder 48, wenn ich mich recht erinnere, nicht mehr in seinen Beruf als Lehrer zurückkehren ließ, sagte Hannes. Schließlich hatte er das Protokoll unterschrieben, man hatte ihn, endlich, gehen lassen, und er war in dieses Haus zurückgekehrt, in dem die Schwestern auf ihn warteten und lamentierten und zeterten, nun mit neuem Stoff für ihre unsinnigen Aufregungen und hysterischen Anfälle, zumindest für eine Weile.

Die Tatsache aber, daß er als Augenzeuge erkannt worden war – Hannes erfuhr nie, von wem – bereitete ihm nagendes Unbehagen und verstärkte diesen mit den Jahren beständig wachsenden Wunsch, so wenig wie möglich mit anderen Leuten zusammen zu kommen, mit ihnen reden zu müssen; in dieser Zeit nach dem Anschlag, dem dann noch weitere folgten, auch in anderen Städten, entstand in ihm die Vision von einem Ort, an dem niemand ihn kannte, niemand ihn beachtete, niemand etwas von ihm wollte, niemand in seiner Vergangenheit kramte. Schließlich stand er kurz vor der Pension, man würde ihn auch ein paar Jahre vorher gehen lassen, er spürte die Distanz, mit der ihm die Kollegen und Kolleginnen in der Schule plötzlich begegneten; wahrscheinlich, so dachte er, war er unbequem geworden, war nicht mehr durchschaubar, wie die anderen wohl zu sein meinten. Er ging noch ein paar Monate nach diesem Ereignis, bei dem zwei Menschen umgekommen sein sollten, täglich in die Schule und mußte dort die Kollegen, denen seine Anwesenheit am Brandort und die polizeilichen Verhöre zu Ohren gekommen waren, lange über den Tod der Fremden reden hören, während ihre Blicke heimlich sein Gesicht abtasteten: wie schrecklich, so jung, so lebendig, und nun verbrannt. Er korrigierte Hefte und Klassenarbeiten wie üblich an den Nachmittagen zu Hause und hörte die Schwestern, wie sie über ihn redeten: der Hannes, der hat seinen Knacks weg, schon seit der Jugend, einen Knacks fürs Leben, ich sags dir, erst der Vater und jetzt noch die Polizei, und dieser Brand, schrecklich! Und er sah zu, wie sie die Hände rangen und vielsagend die Augen verdrehten: was hätte er denn auch machen können, die Feuerwehr war schnell da, andere Leute, die geholfen haben, er ist alt, ist krank, mit seinem Rücken, wie gut, daß ihm nichts passiert ist, man kann sich ja nicht mehr sicher fühlen, hier, wer weiß, wann die unser Haus anzünden, Verbrecher sind das, Zigeuner, Ausländer, und kein Gesetz, das uns vor diesen Leuten schützt. Bis in die Schlaflosigkeit seiner Nächte verfolgten ihn die Sing–Sang–Stimmen der Schwestern. Tagaus, tagein redeten sie so; so werden sie bis zu ihrem letzten Atemzug reden, denkt der Alte.

Jetzt, in dieser Höhe auf einem Berg, wo er das Gesicht der sengenden Sonne zuwendet, während der kühle Wind aus den Hochtälern seinen verbrannten Nacken streift, fühlt er den Drang, über die Schulter zurückzublicken, vielleicht, um sich davon zu überzeugen, welchen Schatten die Welt, die er zurückgelassen hat, hinter ihm herschickt, um ihn wieder einzufangen und zurückzuzerren. Doch in diesem frischen Wind wird die Erinnerung blasser, konturenlos; und Hannes lauscht dem verebbenden Getöse in seinem Kopf nach, bis es, langsam, ganz langsam, kaum noch wahrnehmbar ist. Das Geschrei der schwarzen Vögel wird wieder hörbar, auch das leise, sehr zarte Rascheln, mit dem die Luft durch Flechten und Moos streift.

***

So, die Bilder seiner Alpträume hinter sich lassend und den hastigen Schritt wieder mäßigend, gerät Hannes in den Wald; in Sonne getaucht ist der Weg zwischen Lärchen und Fichten, bis das Gehölz dichter wird, dort staut sich die hitzige Luft und nimmt dem Mann den Atem, auch dann noch, als er den Wald verläßt und von einer kleinen Anhöhe aus auf den Ort blickt, auf das hellrote Dach eines schlanken Kirchturms, die Anhäufung der Häuser rund um einen kleinen Marktplatz und die Ansammlung von Menschen in der Nähe des Flusses. Dort, wo die Schienenstränge des verlassenen Bahnhofs sich in der Weite der Tallandschaft verlieren, stehen einige Baracken, mit geringem Interesse der Ortsbewohner und des Landes erhaltene Relikte einer Zeit, als sich hier eines jener Lager befand, ein kaum nennenswertes, wie die Geschwister von der Sennerin erfahren haben; das war kein richtiges KZ, hatte sie gesagt, nur wenige Tote in all den Jahren, und die starben, weil sie krank oder alt waren; ein paar Kinder auch, erzählte sie, es gab Typhus im Lager, die meisten Züge fuhren ja durch, kein Gas und so, wir waren immer dagegen, viele von uns waren Partisanen, sind in den Bergen umgekommen, wir anderen haben den Leuten im Lager Essen und Kleidung gegeben und sie auf unseren Feldern arbeiten lassen, wir haben nichts zu tun gehabt mit denen, und als die Befreier kamen, wurde das Lager ein Mahnmal, dafür haben alle Bewohner gestimmt und Geld gespendet, das war schon was, auch uns ging es ja nicht gut, in dieser Zeit, auch wenn unser Dorf keine Bombe abgekriegt hat, aber viele Männer waren weg, in Gefangenschaft oder gefallen, wir Frauen haben hart arbeiten müssen, das hat Spuren hinterlassen, bei jedem von uns.

Jetzt, da Hannes das Dorf unter sich sieht, auch die spärlichen, verfallenden Reste des einstigen Lagers und die Menschengruppe, die vor den Baracken unbeweglich verharrt, denkt er daran, wie sich das Gesicht der Sennerin beim Erzählen immer mehr gerötet hat, wie sie mit hartem Griff den Buttertrog wegstellte und dann, unaufhörlich, über Tisch und andere Flächen wischte und ihre Augen nicht ein einziges Mal fest auf die Geschwister richtete. Ihr werdet's wohl selbst wissen, wie das war, hatte sie schließlich gemeint und sich die Hände an der Schürze abgewischt; ja, ein paar Nazis gab es auch, bei uns, wie überall, man mußte ja damals in der Partei sein, sonst verlor man seine Arbeit oder wurde an die Ostfront geschickt, da ist mein Bruder gefallen, sein Name steht auf dem

Gedenkstein an der Kirche, knapp zweiundzwanzig war er, wie mein Verlobter, ich habe dann nicht geheiratet, es gab keine Männer mehr bei uns im Dorf, nur die Alten waren noch da, zu nichts nutze, haben nur herumgesessen und sich beklagt.

Dann hatte die Frau plötzlich laut aufgelacht: da vertu ich meine Zeit mit Schwätzen, gehts endlich, ich hab zu arbeiten, schleichts euch, ihr Pensionisten, ihr wißt eh nicht, was es bedeutet, körperlich hart zu arbeiten, Lehrer, pah, immer nur am Schreibtisch gesessen, die meiste Zeit Ferien, oder stimmt's etwa nicht. Auch Hannes und die Schwestern hatten gelacht; ein sonderbares, gezwungenes Lachen war das, erinnert er sich, und Ida hatte später gemeint: eine merkwürdige Frau ist das, ich glaub, ich mag sie nicht.

Und Hannes denkt daran, daß diese grobgesichtige Frau auf der Alm der einzige Mensch ist, mit der er und die Schwestern in dieser Zeit, die sie hier nun schon verbringen, ins Gespräch gekommen sind; bei ihr kaufen sie die Milch, die Butter, den Speck, auch das Brot, vieles sammeln sie im Wald und auf den Wiesen, und das übrige, was sie noch benötigen, holt Hannes dann und wann in einem kleinen Laden im Ort; da stellt er sich in die Reihe von Frauen und anderen alten Männern, versunken in seine eigenen Gedanken und ohne das Bedürfnis, sich in diese Gespräche über den heißen Sommer, über das schon am Baum verfaulende Obst und Krankheiten oder Todesfälle in den Häusern zu mischen. An manchen Tagen reden sie über den Buckligen, der sich in eine Hütte mitten im Walddickicht zurückgezogen hat und zuweilen die Pilzsucher erschreckt, wenn er unvermutet im Gebüsch auftaucht, einen Ziegenbock hinter sich, die Weinflasche in der Hand, das Gesicht eine grinsende Fratze; Frauengeschichten, ereifern sich die Männer, in seinem Alter und mit dieser Behinderung; Säufer, sagen die Frauen und schauen aneinander vorbei nach draußen, kein Wunder, daß er verrückt geworden ist, nach solch einem Leben muß einer ja verrückt werden. Hannes erinnert sich an den Buckligen; manchmal gerät er, zufällig, in die Nähe der verkommen wirkenden Hütte, wo ein

zotteliger Hund ihn energisch verbellt, und zuweilen sieht er den Buckligen durch den Wald irren, als wäre er in ernsten Schwierigkeiten; äußerlich, wahrscheinlich auch innerlich, denkt Hannes, eine Mischung aus Seelenqual und Hundeelend, aus Frösteln und aus Knieschlottern, ein Schatten im Schatten der Bäume und Sträucher – wie auch Hannes sich oft dem Schatten eines Zerrissenen ähnlich meint auf diesen ziel- und endlosen Wanderungen durch eine menschenleere Landschaft.

Nach den Einkäufen im Ort kehrt er dann zurück in die Hütte am Berg, den Rucksack prall gefüllt mit Tüten voll Mehl und Zucker, Kaffee und Kartoffeln und anderem Gemüse, manchmal auch mit einer Tageszeitung oder einer dieser knallig-bunten Zeitschriften, um die die beiden Frauen sich streiten, dann gemeinsam lesen, von vorne bis hinten, in der sie Kreuzworträtsel lösen und die Ränder bekritzeln – kehrt also zurück in die nervtötende Geschwätzigkeit der Schwestern und in die Stille, die ihn in vielen Nächten oder auf seinen einsamen Wanderungen oder beim Holzhacken hinter dem Haus umgibt.

***

Jetzt, auf dem Weg ins Dorf, umgeht er das Geschäft am Rande des Ortes; es scheint ohnehin geschlossen zu sein, von weitem sieht er an der Glastüre einen weißen Zettel hängen. Hannes hält sich an sandige Wege und umzäunte Wiesen; dann durchwandert er verlassene Gassen, wo die Häuser sich zueinander neigen und üppige Blumenkästen und dichte Gardinen den Blick ins Innere oder auf neugierige Gesichter verhindern. Später betrachtet er das sandfarbene Schulgebäude am menschenleeren Marktplatz und die in dieser sengenden Hitze eingerollten Blätter des Lindenbaums davor und den süßlichen Modergeruch verströmenden Rosenstock am Eingang des Friedhofs, gleich neben der Kirche. Er sieht das Bürgermeisteramt an der Hauptstraße und betrachtet müßig den fröhlichen Schwung der sandfarbenen Treppe davor; er atmet die heiße, die alles verbrennende Luft dieses Ortes ein, den er nicht genau kennt, der ihm wohl immer fremd bleiben wird, da keine gemeinsamen Erinnerungen oder Erlebnisse sie verbinden, und er spürt den Staub der Straßen und Wege zwischen den Zähnen und auf der Zunge, auch im Hals. Hannes hustet, graugelben Schleim hustet er aus; er betrachtet für Augenblikke die Gallertmasse vor sich auf dem Bürgersteig und denkt: was für ein Ort! In der mittäglich-überhitzten Atmosphäre scheint alles zusammengerückt zu sein, eine Ansammlung von überhängenden Dächern und zerbröselnden Mauern, abblätterndem Putz, dazwischen die engen Straßen und Wege, ab und zu ein verdorrender Baum mit armseligem Blattwerk, in dessen Schatten sich ein paar Vögel verkrochen haben, verstummt auch sie.

Eine lähmende Müdigkeit überfällt plötzlich den Alten, vor seinem Blick entstehen schwarze Löcher mit aufgerollten Rändern, jene schwarzen Löcher, jene unheimlichen Zonen verdichteten, aber getrübten Bewußtseins, verursacht, wahrscheinlich, durch die Medikamente, die er seit Jahren oder Jahrzehnten gegen die Schmerzen im Rücken, im Nacken und in anderen Knochen schluckt. Er hebt Fuß für Fuß, während Hitze und Staub ihm den Atem nehmen, er muß den Fluß erreichen, die Baracken sehen; von dort ist Stimmengemurmel zu vernehmen, als hätte sich eine große Menschenmasse versammelt, erwartungsvoll; wie kurz vor dem Beginn einer Theatervorstellung, einer Zirkusveranstaltung, denkt Hannes, oder wie bei der Vollstreckung eines Todesurteils. So geht er und geht, mühsam atmend, und kommt nun doch keinen Schritt mehr voran; endlos erstreckt sich die Straße vor ihm bis hinunter zum Fluß. Der Mann möchte in eine Seitengasse ausweichen, aber auch die Ecken der Häuser werden unerreichbar für ihn; er möchte die Hände ausstrecken und diese Häuserwände berühren, sich daran festhalten, forttasten. Doch er fällt ins Leere. Der Augenblick geht vorbei; täuschen Sie sich nicht, hört Hannes eine Stimme sagen, Sie haben gerade die Schnittstelle von mindestens drei Dimensionen berührt, bewegen Sie sich nicht, ich ziehe Sie an den Beinen heraus. Jemand lacht, jemand packt ihn am Bein und zerrt daran, der Hosenstoff reißt. Man sollte sich nicht mit dornigen Blumen einlassen, sagt die fröhliche Stimme; und Hannes sieht einen jungen Mann, der bückt sich zu ihm, um ihn aus dem Rosengerank zu ziehen: auch auf dem Weg zum Tollwood-Festival, Alter? Und als Hannes nicht antworten kann, nichts sagen kann, weil die Leere in seinem Gehirn wieder weiter wird, sich ausdehnt, schwarz, still, beängstigend, packt ihn der andere am Arm: he, Alter, nicht noch einmal umkippen.

Und Hannes starrt in das Gesicht des Jungen, er meint,ein anderes Gesicht darin erkennen zu können, das Grinsen unter blankgeschorenem Schädel, ein Hakenkreuz darauf, er sieht, in blutroter Farbe, das Wort "Judensau" auf dem Holz einer Türe, sieht sich rasend schnell ausbreitende Flammen. In seinem Hirn spult sich die Zeit in Sprüngen zurück; nein, keucht er, lassen Sie mich in Ruhe, ich bin in Ordnung, alles ist in Ordnung. Doch der andere läßt seinen Arm nicht los; ich geh mit Ihnen, sagt er, ich wollt eh sehen, was dieser Ort mit den Flüchtlingen anstellt.

Der Alte läßt sich widerstrebend am Arm packen, er hat nicht die Kraft, sich wirklich zu wehren; so setzt er Fuß vor Fuß, er befingert den Riß in der Hose oberhalb des rechten Knies, und das Empfinden von Feuchtigkeit im Stoff – Blut oder Urin? – und die hochschießende Scham schließen das schwarze Strudelloch in seinem Bewußtsein. Ich bin in Ordnung, wiederholt er und will sich diesem festen Griff um seinen Arm entwinden; laß mich los, sagt er laut und böse. Doch der Junge läßt sich nicht abschütteln; nebeneinander gehen sie jetzt die Straße entlang, der andere mit merkwürdig schlenkernden Bewegungen, wie eine Gummipuppe, denkt Hannes, der magere Körper neben ihm ist ihm unangenehm, er starrt auf die bloßen, schmutzverkrusteten Füße in ausgelatschten Sandalen neben sich, deren schlabbrige Sohlen den Staub auf dem Asphalt hochwirbeln.

Dreck, denkt er und fühlt den einstigen Widerwillen gegen die Ausdünstungen ungewaschener, hitziger junger Körper auf Schulbänken und in Pausenfluren wieder, jenen Widerwillen, der größer und größer wurde, je älter er wurde und je länger er durch die Reihen der Schulbänke gehen mußte, der ihm Übelkeit verursachte, wenn er sich über grindige Köpfe beugte, um in Hefte zu schauen, und dabei diesen Geruch einatmete, der ihn an dampfige junge Stiere erinnerte, die er in seiner Jugend beim Besteigen der Kühe beobachtet hatte. Auch an jenem Abend, als er der jungen Lehrerin gefolgt war, die später bei dem Brand umgekommen war, wie er sich erinnert, hatte ihn dieser penetrante Geruchsstrom, ausgehend von der Gruppe lärmender Jugendlicher, getroffen; Hannes war ihm sofort ausgewichen, war dicht an den Häusern entlang und langsam weitergegangen, um die Randalierer vorbeizulassen. Später war Wind aufgekommen, erinnert sich Hannes, und die dann vom Brandgeruch schwere Luft hatte sich aufgelöst.

Tollwood-Festival, sagt der Junge neben Hannes und sieht ihm ins Gesicht, schon mal was von einem Tollwood-Festival gehört, nein?, na ja, im Nachhinein vielleicht nicht ganz so toll, das mit den Vietnamesen und dann das mit den Studenten vor den Universitäten und auf den Straßen und kürzlich das mit den Drogen, auf die Dauer lebt sich alles tot. Er grinst: neuer Versuch in einer anderen Dimension, jetzt sind's eben wieder Flüchtlinge, das Feindbild muß doch erhalten bleiben, nicht wahr, wär doch schad drum, oder? Hast deine Knarre aus dem letzten Krieg hoffentlich gut geölt, in all den Jahren, Alterchen, wirst sie, vielleicht, noch mal brauchen, wer weiß, was diese Flüchtlinge alles im Kopf haben, vielleicht wollen sie dir dein Geld mausen, wollen dein Haus besetzen,vielleicht gehen sie an deine Vorräte ran, ohne dich zu fragen. Und, redet und redet der Junge, vielleicht wollen sie dir sogar ans Leder, man kann nie wissen, die Geschichte ist doch voll von solchen Begebenheiten, nicht wahr?

In Hannes wird der Wunsch fast übermächtig, die Hand zu heben und in dieses Gesicht zu schlagen, so, wie er damals in grinsende, provozierende Gesichter schlagen wollte; er weiß, es würde ihn beruhigen, Blut zu sehen, einen eingeschlagenen Zahn, vielleicht, das Erschrecken – er weiß, er könnte Triumph empfinden beim Zurückweichen von Gesichtern, von Körpern, beim Geruch von Angst. Lassen Sie mich los, stöhnt er mühsam, doch der Junge neben ihm reagiert nicht, hält seinen Arm umklammert wie einen Schraubstock und zwingt dem Alten seinen Schrittrhythmus auf. Und Hannes starrt weiter auf diese schmutzigen Füße in Sandalen neben seinen Füßen in den derben Bergschuhen; er hat sie fest zugeschnürt am Morgen, nun drücken die Kanten auf die Knöchel, die Hitze hat die Füße anschwellen lassen, sie scheinen über den Rand der Schuhe zu quellen; weiches, weißes, wabbeliges Fleisch, denkt Hannes und sieht die Beine seiner Schwester Ida vor sich, durchzogen von dicken Adergeflechten.

Verstört blickt er um sich; sie haben sich dem ehemaligen Konzentrationslager am Fluß genähert, er kann schon die Stimmen der dort Versammelten unterscheiden, er erkennt unter den ihnen zugewandten Gesichtern einige ihm bekannte: die Frau aus dem Laden, wo er ab und zu für sich und die Schwestern einkauft, den Bürgermeister, bei dem er vorsprechen mußte, um als zugezogener Ausländer den Kauf der Hütte zu regeln; wieso Ausländer, hatte Ida reagiert, es gibt keine richtige Grenze mehr, wir sprechen ihre Sprache, was soll der Quatsch! Sie waren auf keine Widerstände gestoßen, wie Hannes sich nun erinnert, sie erwarben die Hütte auf dem nicht zu großen Grundstück für einen vernünftigen Preis, der Bürgermeister war sehr höflich, der Notar zuvorkommend.

Auch die Sennerin von der Alm, deren hochrote Wangen in der Sonne glänzen, erkennt Hannes nun, und inmitten der Menschengruppe auf der anderen Seite des Zauns sieht er das Mädchen Mira. Jetzt, endlich, kann Hannes sich von seinem Begleiter lösen; mühsam setzt er Fuß vor Fuß in den Staub des ungepflasterten Weges, der zum Lager führt, so geht er langsam, ganz langsam durch die Menge, die Menschen sind verstummt, sie starren ihm ins Gesicht und treten beiseite, um ihm Platz zu machen. Der Alte vom Berg, hört er die Sennerin irgendwo leise sagen, der mit seinen Schwestern, komische Leute, ich sags euch. Und, fügt sie, lauter jetzt, hinzu, auch Ausländer, wie die anderen dort.

Da hebt Hannes den Kopf, reckt die Schultern und ignoriert den glühenden Schmerz in dieser Bewegung; er starrt in das Gesicht der Frau, sieht zu, wie ihre Augen seinem Blick ausweichen, auch die anderen Leute blicken zur Seite, als er an ihnen vorbei und durch das Tor im Zaun geht. Die Gruppe der Flüchtlinge öffnet sich ihm nicht, so bleibt er stehen, zwischen den einen und den anderen; im Niemandsland, denkt Hannes. Qualvoll stechende Schmerzen schießen ihm durch Rücken und Schultern, er hört sich "Mira" rufen, aber kann sie ihn hören, über diesen Todesstreifen hinweg, der ihn von den Flüchtlingen trennt?

Und – was nun, Alterchen, hört er neben sich die Stimme des Jungen.

IV

Im Wald die Frauen, irren umher; ich habs dir prophezeit, japst die Dicke, daß wir uns verirren. Sie läßt sich da, wo sie gerade steht, niederfallen, sie plumpst in die Ausläufer eines Bachs, es macht ihr nichts aus, daß Schlamm und Nässe an ihren Beinen hochquellen. Hier sitz ich, sagt sie, und nichts und niemand, auch du nicht, bringt mich hier weg, bis ans Ende meiner Tage sitz ich hier, und das ist nahe, sage ich dir! schreit sie plötzlich. Demonstrativ breitet sie die befleckten, nun verschmutzten Röcke um sich aus, erst den unteren, den gräulichen, den leinenen, von dem sie vor langer Zeit die Spitzen abtrennte; was brauch ich die, hatte sie der kopfschüttelnden Schwester erklärt, schaut eh niemand mehr hin, in meinem Alter. Unauffällig ist er jetzt, vom vielen Waschen, vom unablässigen Tragen; tagein, tagaus, denkt Ida, während sie den rauhgewordenen Stoff zu glätten versucht und Grashalme und Ameisen mit der Hand wegstreift. Nach dem Unterrock kommt der andere dran, der, den sie ebenfalls seit Jahren trägt, auch er schon verschossen, verschlissen, an den Rändern ausgefranst; was solls, sagt die Dicke laut in die Richtung der anderen Frau, die Gras und Ranken mit einem Stecken bearbeitet, als wolltest du Schlangen oder sonstwas verscheuchen! brüllt Ida, es gibt doch hier keine Schlangen, oder?, wieso soll es hier Schlangen geben, hier hat es noch nie welche gegeben, außer Blindschleichen. Halt deinen Mund, knurrt Marga, ich brauch deine Weisheiten nicht, ich komm ganz gut ohne dich zurecht. Das werden wir sehen! schreit Ida, knirscht mit den Zähnen und ballt die Hände. Knirsch nicht mit den Zähnen, sagt Marga; und: ich mach, was ich will, erwidert die Schwester, es sind sowieso die dritten, denkt sie erbost, wenn die jetzt brechen, kauf ich mir neue, das Geld hab ich, ich geb ja sonst nichts für mich aus. Sie mustert das verbissene, verschwitzte Gesicht der anderen; was heißt hier, halt den Mund! ruft sie, du hast mir gar nichts zu sagen, schon lange nicht mehr, du bist bloß meine Schwester, und zwei Jahre jünger bist du, und wenn du auf mich gehört hättest, säßen wir jetzt fein in der Hütte und würden – ; ich weiß, unterbricht Marga sie, ganz ruhig sagt sie: ich weiß, wir würden Speck essen und Tee trinken und die Butter fingerdick aufs Brot schmieren, hier noch ein Stückchen Wurst, noch ein Scheibchen Käse, noch ein Stückchen vom Kuchen, von allem nur ein bißchen, wir sind zufrieden, wir wissen, wofür wir leben. Aber, sagt sie, und die Dicke horcht dem ungewohnten Klang in der Stimme der Schwester nach, bitter klingt sie, denkt Ida beunruhigt. Aber, fährt Marga fort, wenn das die einzige Befriedigung in unserem Leben ist, dann sind wir wohl arm dran, Ida.

Eine Weile starren sich die Schwestern an, Blicke mit Widerhaken, zunächst, minutenlang geht das so; so ist es also, meint Ida schließlich und streicht mit den Handflächen über ihre ausgebreiteten Röcke. Alles Lüge, alles Heuchelei, all die Jahre, sagt sie leise, das tut weh, verdammt, das tut scheußlich weh. Und sie schauen sich an und aneinander vorbei; sie sehen die Bäume und die Sträucher um sich herum, die Insekten, die Sonne darüber, mit ihrem Flirren und Glänzen auf Blättern und in Spinnfäden. Im Kopf der Dicken sammeln sich die Worte und die Sätze und die Schreie; ich könnte schreien, sagt sie, ihr Mund ist wie ausgedörrt. Ich weiß, antwortet Marga ernst, mir geht es genauso, auch ich möchte weinen um all die verlorene Zeit. Sie reicht der Schwester die Hand; steh auf, wir müssen weiter. Wohin denn noch? fragt die Dicke; sind wir nicht schon am Ende der Welt angekommen, was wollen wir, was können wir jetzt noch tun, nach all diesen Jahren? Sie deutet auf das undurchdringlich erscheinende Dickicht von Brombeeren und Brennesseln; dazu diese Hitze, sagt sie, so stell ich mir die Hölle vor. Was haben wir nur getan, daß wir so enden müssen. Ich weiß es nicht, meint Marga, wir haben doch nur gelebt.

Hätte nicht der Donnerschlag – aus heiterem Himmel! wie Ida sich später, gleichzeitig heulend und lachend, erinnert, keine Wolke am Himmel, nur diese sengende Hitze, wir wären tatsächlich dort gestorben, wir hätten uns ins Gras gelegt und auf den Tod gewartet, nebeneinander, ich hätte Margas Hand in meine genommen, so hätte man uns gefunden, uns Schwestern, vielleicht auch nicht, vielleicht sogar nie! – hätte also der Donnerschlag sie nicht aufgescheucht und sie herumspringen lassen wie aufgescheuchtes Federvieh, sie wären sitzen – oder stehengeblieben, wie Lots Weib, erzählt Marga später, zur Salzsäure erstarrt, weil plötzlich alles so sinnlos erschienen war. So aber ist die Dicke ohne ihre Hilfe aufgesprungen, hat eine Hand auf den bebenden Busen gedrückt, die Augen aufgerissen, auch den Mund, schweratmend steht sie, noch in der Sonne, und starrt wild hierhin und dahin; wohin, schreit sie; in diese Richtung, ruft Marga, nein dorthin! wir müssen eine Schutzhütte erreichen, bevor das losgeht! Schon verfinstert sich das Licht, ein Blitz zuckt grell durch die Baumstämme, das Donnern läßt den Erdboden erzittern. Und die beiden Frauen hetzen und rennen, mal neben –, mal hintereinander, über die Lichtung und wieder in den Wald hinein, mit fliegenden Röcken und wehenden Haaren über Augen und Gesichtern, mit gewaltigen Armbewegungen teilen sie Spinnweben, reißen allerlei Getier mit sich, rasen und walzen über zartstengelige Blumen und Gräser, zerknacken junge Schößlinge und Reiser. So hab ich dich noch nie rennen sehen! japst Marga, so kenn ich dich gar nicht. Und Ida, keuchend, antwortet: du kennst manches nicht an mir, alles Schein und Trug, das sag ich dir.

Donner folgt nun auf Donner, die beiden Schwestern wetzen, sie wissen nicht, wie, weiter und weiter; sie wirken, in dieser Eile und in der Weitläufigkeit von Wald, Lichtungen und Wegen, eher klein, auch von sonderbarer Grazie, aufgescheuchten Göttinnen gleich und sonderbar entrückt ihrer Realität.

So sieht der Bucklige sie kommen –

– und er, von dem die Leute im Dorf behaupten, er hätte den Verstand einer Frauengeschichte wegen verloren – er, der seit Jahren harmlose Wanderer, Pilz- und Beerensucher und neugierige Kinder mit seinen Fratzengesichtern erschreckt, wenn er unvermutet hinter einem Baum oder im Gestrüpp auftaucht

– er, der die Verkrüppelung seines Körpers inmitten anderer Menschen in Szene setzt und hopsend, die langen Arme als Dreschflügel nutzend, den Clown, den Ausgegrenzten spielt und bei dessen Auftauchen die Leute ihre Kinder zeternd und schreiend ins Haus zerren – er, der sich, wie man im Ort berichtet, von den kleinen Nagetieren in seinen Fallen, von Beeren und Pilzen und von der Milch seiner mageren Ziegen ernährt, manchmal auch von den heimlich, vor allem im Winter vor seiner Hüttentüre abgestellten Nahrungsmitteln – er, der Bucklige, hat eine Vision, wie er noch lange Zeit nach diesem Ereignis zu erzählen weiß: wie im grell lichternden Blitz zwei Göttinnen vom Himmel steigen; in wallenden Gewändern kommen sie, eilig, mit glänzenden Gesichtern und weggespreizten Haaren, aus denen zahllose Blitze brechen, auf ihn zu, rasch nähern sie sich ihm, mit ausgestreckten Armen; so winken sie ihm lächelnd, mit vogelleichten Händen zu.

Da legt er den Kopf weit in den Nacken und lacht, da öffnet er die Tür seiner Hütte weit, ganz weit; und als die Göttinnen ihm nah sind, als seine Hände weiches Fleisch umfassen, als sich, so berichtet er mit verzücktem Lächeln später, sein Körper an einen anderen, weichen – ach, so weichen! – Körper drückt und er den betäubenden Geruch dieser nachgiebigen Massen einatmet – da sah und spürte ich, flüstert er, Himmel und Erde sich berühren –

– und: na so was, sagt Ida schweratmend, erleichtert, erstaunt, mit nassem Glanz in den Augen und löst sich langsam, ganz langsam aus der Umklammerung des buckligen Mannes.

***

Dann treibt sie der nächste Blitz, der nächste krachende Donner in die Hütte, rücksichtslos, schnaufend wie eine Dampflok bahnt sich die Dicke vor der Schwester und vorbei an dem überrascht zur Seite tretenden Mann einen Weg durch aufgestapeltes Gerümpel und klappernde Gegenstände ins Innere, vorbei an einem kläffenden Hund; halt die Klappe, keift sie ihn an, brüllt dann los: einen Stuhl! ich muß mich hinsetzen, sonst breche ich zusammen! In der Mitte des dämmrigen Raumes bleibt sie stehen; ihre Blicke flitzen hierhin und dorthin, sie bemerkt die Schmutzschicht auf Fensterscheiben und Möbelstücken, den Dreck auf dem Holzfußboden, und sie schüttelt sich: hier muß mal jemand ordentlich saubermachen!, aber sie sieht auch die Speckseite am Balken in der Ecke, die Wurst, das wohlgefüllte Regal, riecht durch alle Muffigkeit den Duft von reifendem Käse und Sauerrahm; in Sicherheit, murmelt sie erleichtert, wenigstens in Sicherheit. Sie spürt, wie sich etwas in ihrem Körper zu lösen beginnt; ob es hier ein Klo gibt, flüstert sie der Schwester zu, und: du bist unverbesserlich, erwidert Marga laut und tippt sich mit dem Finger an die Stirn.

Der Mann ist hinter ihnen in den Raum gekommen, seltsam quadratisch wirkt der Körper mit diesem riesenhaften Buckel, mit überlangen Armen und Beinen, und über diesem Körper ein ebenso quadratisch wirkender Kopf; überraschend die hohe Stirn, denkt Ida, verweist auf Intelligenz; eisgraues Haar, wie Stahlwolle, und sie befingert vorsichtig ihr eigenes, klatschnasses und dünnes Haar. Lautlos huscht der Mann hierhin und dorthin, scheint überall gleichzeitig zu sein, plötzlich flackert Feuer, auf dem schwarzen Herd steigt Dampf aus einem Wasserkessel. Im Licht der Blitze grinst der Bucklige die Frauen an, glänzendes Gebiß zwischen wulstigen Lippen; ein grausliger Mensch, murmelt Marga der Schwester ins Ohr, als der Mann ihnen modrig riechende Handtücher reicht; wir sollten gehen.

Doch Ida wuchtet ihren massigen Körper auf einen knarrenden Stuhl: nicht einen Schritt hinaus in diese Hölle! meint sie drohend, ich bleibe, egal, was passiert. Und sie legt sich das Handtuch über den Kopf; da sitzt sie, ein Fleischkoloß in diesem Raum mit der rauchgeschwärzten niedrigen Holzdekke, die Beine gespreizt, die weißen Arme über dem Kopf; so sieht sie mit Gelassenheit und leisem Lächeln, Genugtuung darin, dem Mann zu, der nun mit einem schmutzig-grauen

Lappen geschäftig über den rissigen Holztisch wischt, er beugt sich weit über die Platte, bis sein Weinatem Idas Gesicht streift; schön, flüstert er leise, Sie sind so schön. Ganz warm wird ihr bei dieser unverhohlenen Bewunderung, ihre Augen glänzen, die Bewegungen ihrer Arme werden leichtflügelig; setz dich doch, sagt sie zur Schwester, die, Ekel und Widerwillen in Blick und Körperhaltung, mitten im Raum stehengeblieben ist und: du machst dich ja lächerlich, Ida, sagt. Die Dicke aber schaut hierhin und dorthin, vor allem in die Ecke, wo der Speck hängt, und horcht auf das leise Grummeln in ihrem Innern und leckt sich in genießerischer Vorfreude die Lippen, schon schmeckt sie das Sahnige, das Schmalzig-Schmelzende auf der Zunge, Speichel sammelt sich im Mund. Eine kleine Jause, einen heißen Tee, wenn's recht ist, redet der Bucklige; das Gewitter, sagt er, schrecklich, gefährlich, ein Glück, die Hütte, gut aufgehoben. Ja, ja, bitte, danke, sagt Ida und ignoriert den entsetzten Gesichtsausdruck der Schwester. Seit wann sind sie unterwegs, wann hat sie zum letzten Mal gegessen; ich weiß es nicht, meint sie gedankenvoll, gestern oder vorgestern oder vor hundert Jahren. Das Rumoren in ihren Eingeweiden nimmt zu, es gleicht jetzt dem Donnern und Getöse da draußen, wo das Unwetter hin und her zieht, um sich dann im Zentrum eines Kreises neu zu entladen; weit weg.

Bitte, sagt Ida laut, bevor wir essen, wo ist hier die Toilette? Marga unterdrückt ein Stöhnen; der Bucklige zeigt mit dem Messer, mit dem er dicke Speckscheiben absäbelt, in die Richtung einer Türe, und Ida geht darauf zu, das Handtuch noch immer auf dem Kopf, und gerät in ein Zwielicht, das die Blitze dann und wann spalten und wo der Regen durch die Ritzen im Dach tropft. In dem Wirrwarr von Brettern und Stangen und Türmen von anderen alten Sachen verläuft sich die Dicke; wohin? fragt sie, doch niemand ist ihr nachgekommen, sie ist allein in einem Stall oder sonstwas, das nimmt kein Ende, und draußen rauscht und donnert es, als wollte der Himmel sich endgültig entleeren. Sie steigt, die Röcke geschürzt, den Kopf hoch erhoben, über Stapel und andere Hindernisse; noch hat der

Mut sie nicht verlassen, noch lange nicht! und geht weiter und weiter durch diese diffuse Dunkelheit, in der sie doch jede Einzelheit zu erkennen meint: dicke Taue baumeln an Balken, dort lehnt eine Leiter mit zerbrochenen Sprossen an der Wand, ein alter Kasten mit verblaßter Malerei auf den Türen lehnt sich schief in eine Ecke. Unter ihren Füßen spürt Ida den festgetretenen Boden, durch die dicken Sohlen spür ich den, wundert sie sich und tritt fester auf, jedes Steinchen meint sie zu spüren. Wo bin ich, murmelt sie und erheitert sich selbst an diesen Worten; wo bin ich! schreit sie, weil doch niemand sie hören kann, sie ist schon eine Ewigkeit gegangen und gegangen; doch das, sagt sie, das ist mir jetzt egal. Kurzfristig erinnert sie sich anderer Zeiten, als sie noch an Paradiese glaubte und nicht nur an Schrecken und Ende und anderes; das gefällt ihr, sie schaut sich um, doch: Paradies, dies? nein, sagt sie energisch und befördert mit schwungvollem Fußtritt einen trockengebackenen Kotbrocken davon. Das Klo, denkt sie, zuerst das Klo, dann gehe ich zurück in diese Hütte; an Wärme denkt sie, an den festen Griff einer Männerhand auf ihrer Schulter, Bewunderung im Blick eines Mannes. In ihrem Kopf wird jetzt alles luftig und leicht, die Geräusche des Unwetters, wo, denkt sie, ach, irgendwo eben; nur gedämpft ist hier das Donnern zu hören, auch die Laute menschlicher Stimmen von irgendwoher.

***

So geht sie vorwärts, mit einer Hand die Röcke raffend, die andere hat sie nach vorn ausgestreckt, so geht sie, hocherhobenen Hauptes geht sie, irgendwohin. Niemand, sagt sie, niemand wird mir nachsagen, ich hätte keinen Mut. Auch das erscheint ihr ein guter Gedanke zu sein, das mit dem Mut; die haben mich immer behandelt wie ein Baby, überlegt sie, immer bevormundet, und: mich geknechtet! brüllt sie und verstummt, erschrocken über die Lautstärke in ihrer Stimme. Dann lacht sie; sie spürt das Lachen hochsteigen, aus dem Bauch kommt es, klettert die Gurgel hoch, bricht aus ihr heraus, sie muß den Mund weit öffnen, daß es Platz hat, dieses Lachen. Komisch, keucht die Dicke schließlich und hält sich am morschen Holz fest, und das in meinem Alter, verrückt; sie muß ihre Hinterbakken zusammenpressen, kann den Drang in ihrem Innern kaum noch halten: weiter, weiter!

Mit ausgestreckten Armen eilt Ida vorwärts, sie stößt sich nicht an Hindernissen, sie stolpert nicht, und obwohl sie alles zu sehen meint, sieht sie doch nichts. Wohin, denkt sie und: egal. Sie erinnert sich an Bruder und Schwester und weiß nicht mehr, wie sie aussehen. Egal, sagt sie laut und zuckt mit den Schultern; das Wort gefällt ihr: egal! egal! Fahles Licht flackert vor ihr auf, darauf geht sie zu; besser als gar nichts, denkt sie, was soll mir noch passieren, alt und fett wie ich bin.

Nun stolpert sie doch, über Unrat und Steine, und plötzlich rieselt Staub von oben auf sie; das paßt, denkt sie ernüchtert, Dreck und Fett, wer mich noch anschaut, der hat doch wohl Tomaten auf den Augen oder selber Dreck im Blick. Sie erinnert sich an die so überraschende Wärme, die sich in ihren Fleischmassen ausbreitete, als der Bucklige sich ihr näherte; für einen Augenblick treibt die Scham Röte in ihr Gesicht, nur für einen Augenblick; warum nicht, fragt sie, wieder erfreulich aufsässig, warum soll ich auf alles verzichten!

Ein krachender Donnerschlag läßt das marode Gebilde um Ida herum erzittern; sie bleibt stehen und horcht auf das Toben, irgendwo da draußen, nah und doch sonderbar entfernt; ich bin in einer Glasglocke, nein, dies ist keine Glocke, denkt sie, kein Nebel; hier ist nur eine sich endlos ziehende Landschaft, über die sich Bretter wölben wie ein Himmel, den nun ein sehr nahes Dröhnen zerteilt. Ida hat sich geduckt und den Kopf zwischen die Schultern gezogen; so sieht sie Menschen durch die Luft fliegen, sie sieht Häuser in sich zusammenfallen, Berge sich spalten, Flüsse und Meere über die Ufer treten und den Erdboden sich öffnen. Doch während sie sich wieder aufrichtet, verliert diese Vision ihre Schrecken; Ida wankt weiter durch Abfall und Staub und durch die Zeit, und die Zeit dehnt sich, wird löchrig: vielleicht hat sie schon aufgehört, vielleicht bin ich irgendwo dazwischengerutscht, wundern würde es mich nicht. Gewohnter Fatalismus überfällt sie: so, wie wir leben, der Bruder, die Marga und ich, was interessiert uns noch mehr als die Pflanzen fürs Badewasser oder die vollen Regale im Keller, wie die Schweine leben wir, mit unseren Plastiktischdecken und den vollen Tellern drauf, nur ja nichts klebrig machen in all dem Klebrigen um uns herum.

Ein mächtiger Zorn breitet sich in der Dicken aus: ich kann keine Pilze mehr sehen! schreit sie, die drücken mir die Galle ab, damit ihrs wißt! Einmal, seufzt sie, nur einmal etwas Gescheites essen, nicht immer nur das Selbstgekochte, das Zermatschte, und ein Stückerl Butter dazu, ein Ei – und sie dehnt das 'Ei' zum 'Ääeeii', verhunzt das Wort, dreht und wendet es in ihrem Mund, konzentriert sich drauf, kaut, speichelt, wälzt es herum, malträtiert es mit den Zähnen, mit der Zunge. Und spuckt das alles schließlich als deformierten, als stinkenden Brocken in hohem Bogen aus: 'Ieächeiiiih!'

Bravo! hört Ida jemanden sagen, noch bevor sie das Pfui – Teufel! gedacht hat, das sie eigentlich zu sich selbst sagen wollte, den Zeigefinger in die Luft gestreckt, wie die Schwester das zuweilen macht; erschrocken preßt sie die Hand auf den wogenden Busen, dort, wo sie das Herz vermutet. Warum erschrecken Sie? fragt der Jemand, und: ich kann Sie nicht sehen, flüstert Ida, was weiß ich, wer Sie sind, der Teufel, der Tod oder was. Sie ist dem fahlen Lichtstrom am Ende des Gebäudes nähergekommen; ein seltsames Licht: vielleicht bin ich doch schon tot, vielleicht komme ich jetzt in den Himmel, oder ist das der Eingang zur Hölle? fragt sie rebellisch; verdient hab ichs nicht, das sag ich gleich. Und als sie die Augen aufreißt, um alles, alles sehen zu können, sieht sie einen kurzgewachsenen Mann, der ihr bekannt vorkommt; ach, Sie, sagt sie leise und nimmt die Hand vom langsamer flatternden Herzen. Haben Sie etwas anderes erwartet? fragt der merkwürdig verkürzte Mensch; er hockt auf einer Bank mit verschossenem Samtpolster, und hinter ihm ist dieses Licht, das seinen deformierten Körper mit dem mächtigen Schädel beleuchtet. Die Farbe der tiefliegenden Augen kann Ida nicht erkennen; sie beugt sich vor; ich habe keine Angst, versichert sie. Sie haben, bemerkt der Mann, ich sehe es Ihrem Atem an. Ida hält den Atem an; tun Sie das nicht, lächelt er, die Zeit bleibt trotzdem nicht stehen, es ist nur so, daß wir mit jedem Atemzug ein bißchen sterben, wir merken es nur nicht.

Nun fürchtet sich die Dicke doch, und: warum fürchten Sie sich vor dem einzigen, das Ihnen im Leben gewiß ist? fragt er und winkt sie neben sich auf die Bank: kommen Sie, lassen Sie uns plaudern. Ein Blitz erhellt den Raum; Ida kann die borstigen Haare auf dem Schädel des Mannes sehen, erkennt jetzt auch das Eisgrau in seinen Augen, bewundert die Nase, die gleich einem Vogelschnabel aus seinem Gesicht ragt. Stellen Sie sich vor, sagt der Mann, dies wäre der Eingang zum Paradies; und er deutet auf die Stelle, aus der das Fahle bricht.

Aber Ida kann nicht dorthin sehen; der Mann auf der Bank sitzt gelassen vor ihr, er hat die Beine gespreizt, sie kann nicht anders, sie muß d o r t hinschauen, wo der Stoff der Hose sich beult. Schnell setzt sie sich neben ihn, breitet die Röcke um sich, befingert den Stoff, ist nervös. Ich habe vergessen, gesteht sie schließlich, wie so etwas ist. Man kann sich täuschen, antwortet er lächelnd und folgt ihrem Blick. Sie sind schön, Verehrteste, sagt er sanft, und dies ist nur eine Folge meiner Bewunderung und meines Begehrens. Und Ida fällt ein: fett, faul und gefräßig, wiederholt sie die Worte, die sich einst in ihren Kopf gefressen haben und sich dort seit endloser Zeit durch endlose Windungen graben, unermüdlich, unaufhörlich: fett, faul und gefräßig. Sie sind gewaltig, sie sind schön, Verehrteste, lächelt der Mann, und: dies kann nur ein Traum sein, sagt Ida nach einer Weile und streckt ihm ihren weichen, fleischigen, weißhäutigen Arm hin: kneifen Sie mich, vonwegen Paradies und so, mir kann man nichts vormachen, ich bin ein Dreck, ein Fettwanst, ein Vielfraß, ich bin ein Schwein, ich bin das schon immer gewesen, von Kindheit an. Wirklich? der Mann beugt sich vor, um ihr ins Gesicht zu sehen: ich erkenne Sie wieder, wir trafen uns. In der Hütte, erklärt sie, das Gewitter. Vielleicht, meint er, man hat andere Möglichkeiten, ich sah Sie als Göttin vom Himmel steigen. Mag sein, meint Ida und wendet den Blick nach innen: Göttin? nein, das glaube ich nicht.

Er aber beginnt zu lachen, er schüttelt sich im lautlosen Gelächter; Ida starrt in seinen weit geöffneten Mund: auch ein Gebiß, denkt sie, ebenfalls erheitert, sie weiß nicht, warum. Der Mann nimmt das Gebiß aus dem Mund, seine Lippen falten sich nach innen, nun wirkt er greisenhaft. Nur äußerlich, grinst er zahnlos, alles andere findet noch statt, man muß es nur zulassen. Noch immer lachend legt er Ida die Hand auf den Arm; sie neigt den Kopf, um auf diese Hand zu sehen, es ist eine dicke Hand, mit kurzen Fingern; Wurstfinger, denkt sie, wie meine; und sie legt ihre Hand auf die Hand des Mannes und spürt, verwundert, erfreut, wie Merkwürdiges in ihrem Körper vor sich geht, wie sich Verknotungen zu lösen beginnen, wie sich alles Fleisch ausbreitet und weich macht und bereit zum Umfangen, zum Geben und zum Nehmen. All dieses Fett, denkt sie, all diese gewaltigen Massen; sie denkt ohne Zorn daran, ohne die Furcht vor den Stimmen der Geschwister, die sich, in nachlassender Schrille, irgendwo verlieren; fett, faul und gefräßig. So ists gut, meint der Mann neben ihr und streicht mit seinen Händen die Falten in ihrem Fleisch glatt, er richtet die Massen auf ihren Hüften, er zieht die Haut an ihrem Hals gerade und das Lachen in ihren Mund. Das Schöne, sagt er, das braucht kein Versteck, das muß sich offenbaren.

Und Ida sieht mit Verwundern, wie in dieser Lichtspalte hinter ihm ein Tisch sich bildet, ein blütenweißes Tischtuch breitet sich aus, darauf kostbares Geschirr, Gläser aus Kristall, glänzendes Besteck und silberne Schalen mit üppigen Blumen. Erinnern Sie sich? fragt der Mann neben Ida; und sie erinnert sich an längst vergessene, heimliche Träume: ein Fasan im Federkleid, Austern auf Eis, schmelzende Butter auf saftigen Bratenstücken, Ente in Orangensoße, Feldsalat mit ausgebratenem Speck, dazu Sekt in hohen Gläsern, und überall,

überall! Sahniges, Cremiges, Quellendes. Die Augen gehen ihr über, das Wasser läuft ihr im Mund zusammen; sie speichelt, sie schmatzt in der Vorfreude auf Köstlichkeiten. Dann berühren ihre Hände das eigene überquellende Fleisch; es geht nicht, sagt sie mit Mühe und versucht, die sich überschlagenden Gefühle in ihrem Innern zu ordnen, und: entscheiden Sie sich, fordert der Mann sie auf. Ida, gefangen vom Eisblau seines Blicks, staunend über die plötzliche Leichtigkeit in ihrem Kopf und die beginnende Lastlosigkeit ihres Körpers, sagt: alles! Sie sieht ihn lächeln; gut, gut, Sie sind gierig genug, Verehrteste, der Eintritt ins Paradies setzt Maßlosigkeit voraus.

Er ist aufgestanden, er reicht ihr die Hand, er führt sie an diesen gedeckten Tisch; und während irgendwo eine fremdartige Musik erklingt und die Luft zum Schwingen bringt, greift Ida mit beiden Händen ins Volle, ohne Gedanken jetzt, nur Augen und Wunsch und Gier und Mund, in den stopft und stopft sie, das Bratenstück, die Gänsekeule, den gesottenen Fisch, die Froschschenkelchen, die Schnecke, das Täubchen, das Schweinchen. Sie leckt sich die fettropfenden Finger ab, sie benagt Knochen und Knöchelchen und wirft sie hinter sich und horcht auf den Klang der Gläser: auf unsere Gemeinsamkeiten, lächelt der Mann. Ida aber betrachtet sich in einem Spiegel; sie sieht eine stattliche Frau mit freundlichem Gesicht. Sie sind wunderschön, sagt der Mann bewundernd, Rubens hätte Sie gemalt, Bildhauer hätten Sie als Göttin in Stein gemeißelt. Es ist, meint sie, nur so, daß wir in der falschen Zeit leben, und, vielleicht, am falschen Ort. Nur für die anderen, erwidert er, wir sind in der richtigen Zeit und am richtigen Ort. Sie betrachten sich gemeinsam in einem Spiegel, und Ida sieht ein stattliches Paar in altmodischer Kleidung und mit goldbestäubten Perükken und scharlachrot geschminkten Gesichtern: König und Königin, sagt sie, oder Kaiser und Kaiserin, ich habe immer gern herrschen wollen. Der Kaiser aber nimmt sie bei der Hand und führt sie zum Thron; dort läßt sie, die Herrscherin, sich vom endlos an ihr vorbeiziehenden Strom der Untertanen huldigen; würdevoll neigt sie ihren Kopf über den gewaltigen Busen und streckt den eifrigen Leuten ihre schwer beringten Hände entgegen. Und neben ihr hebt der Herrscher seinen Kelch: auf die schönste, auf die dickste Frau der Welt.

***

Dann ist Lärm, irgendwo; langsam, ganz langsam versikkert das Licht, langsam, ganz langsam verklingt das Murmeln der Menge; und als Ida sich umsieht, ist dort, wo sie gerade noch saß, nichts mehr, nicht mehr als ein Haufen alter Bretter, ein Verschlag mit pendelnder Tür, der Abtritt dahinter. Aber die Leichtigkeit im Kopf ist ihr geblieben, auch die Schwerelosigkeit ihres Körpers. Ihre weißen, weichen Hände ordnen die Röcke über Hüften und Gesäß; von irgendwoher ist die nörgelnde Stimme der Schwester zu hören: wo bleibst du nur, wo bist du überhaupt, Ida! und dieser Dreck hier, furchtbar! Näher und näher kommt die Stimme; klagend, vorwurfsvoll, streitsüchtig, denkt Ida, wie immer. Mein Gott, sagt Marga, als die Dicke plötzlich vor ihr steht; wie du aussiehst, völlig aufgelöst, wo warst du, wir gehen, und dieser häßliche, stinkende Mensch, allein hast du mich mit dem gelassen, es hätte wer weiß was passieren können!

Da schreitet die Dicke mit erhobenem Kopf an der Schwester vorbei und durch die Türe zurück ins Innere der Hütte, dieses nervtötende, unaufhörliche: und daß du ja nichts ißt, hier, in diesem Dreck, Ida! hinter sich lassend. Sie zwängt sich auf die Bank am Tisch, sie mustert das Brett mit Speck und Butter, mit Käse und Wurst und Brot, sie erwidert den wissenden, den wohlgefälligen Blick des Buckligen mit heiterer Vorfreude: greift zu!

V

Das drohende Unwetter hat sie auseinandergetrieben; die eine Gruppe von Menschen ist hastig in den Ort, in den Schutz der Häuser, geflohen, die andere drängelt sich durch die schmale Türe einer der brüchig wirkenden Holzbaracken im Lager. Im Atemholen der Natur nach diesem ersten gewaltigen Donnerschlag, der den Erdboden erbeben ließ, und vor dem Aufspringen des Sturms herrscht Stille, auch die Grillen sind verstummt, kein Blatt bewegt sich.

Dann spürt Hannes auf Kopf und Schultern die Schläge der Hagelkörner; der Alte beugt den Körper mit dem anstürmenden Wind, in diesem Durcheinander vor seinen Augen kann er kaum noch etwas erkennen; aber er empfindet die Gegenwart des Jungen, riecht den Geruch aus lange getragenen Kleidern. Hannes will sagen: hau ab, ich weiß selbst, was ich zu tun habe!, doch sein Mund ist staubtrocken, die Zunge darin ein klobiges Stück Fleisch, unbeweglich, störend.

Aus dem Hagel wird schwerer Regen, der das schüttere Haar des Alten durchfeuchtet und in Rinnsalen über sein Gesicht fließt. Wohin jetzt, Alterchen, fragt der Junge neben ihm aufsässig, doch nicht etwa in die Baracke zu den Flüchtlingen, man ist ja nicht so, ha, man ist immer anders, nicht wahr? In der Baracke sind es nur diese paar Leute, man kann sich nicht verstecken, in der Menge; in einer kleinen Gruppe müssen sich die Leute ins Gesicht blicken lassen: schau, wird man sagen, auch so einer, dem Humanität und Menschenrecht Fremdworte sind, er wird uns nicht wirklich helfen wollen, wird nur blöd daherreden, wie die anderen.

Müde, ärgerlich geworden, bewegt der Alte sich: ich weiß, was ich zu tun habe, krächzt er und will den Jungen aus dem Weg schieben; und: also doch ins Rathaus, ich habs gewußt! triumphiert der andere, in diesen Beamtenstadel, wo sie sich die Köpfe darüber zerbrechen, wie sie die da in der Baracke am schnellsten und am unauffälligsten wieder loswerden! Lauernd hat er den Kopf vorgestreckt, er scheint auf eine Antwort zu warten; Hannes aber bleibt stumm, starrt nur irgendwohin in diesen Regen, und: am besten abschieben, von den Gendarmen abführen lassen, wie man das mit Verbrechern tut, denn sie haben doch etwas verbrochen nicht wahr? und nichts wie über die Grenze mit ihnen, husch – husch, sagt der Junge provozierend laut, nur keine Arbeit mit denen, nur nicht die Hände an ihnen schmutzig machen. Seine Stimme wird schrill: das Gesetz ist auf jeden Fall auf der Seite der Leute im Rathaus; dort wird auf jeden Fall darüber entschieden, wer am Leben bleiben darf und wer sterben wird.

Oder, sagt er eindringlich, oder einfach die Augen zumachen, nichts hören, nichts sehen, nichts sagen, das hatten wir doch schon mal, Alterchen, das ist das einfachste, das beunruhigt nicht, macht keine Mühe, das schafft, vielleicht, nur ein paar Alpträume zusätzlich bei den Leuten deiner Scheißgeneration, die das Leben mehr fürchten muß als den Tod. Denn, sagt der Junge und blickt dem verbissen schweigenden Alten unaufhörlich erwartungsvoll ins Gesicht: das Grauen findet doch schon im Leben statt, nicht wahr, da braucht man nicht den Tod dazu, der ist nichts weiter als eine stehengebliebene Uhr, ein Verlust, ein Ende, Dunkelheit. Ein Nichts, vor dem man sich nicht fürchten muß, denn fürchten muß sich einer wie du nur vor dem Leben, oder?

Hannes hat die Hand gehoben; der Junge duckt sich, als erwarte er einen Schlag, der Alte wischt sich den Regen vom Gesicht. Unablässig strömt dieser Regen, Hannes hört das Trommeln auf den Blechdächern der Baracken, das Rauschen im Laub der Bäume, das Aufklatschen im Staub auf dem Erdboden. Auf seinen Schädel trommelt der Regen, auf seine Schultern; das Geräusch dehnt sich und dehnt sich, es ist überall, in jedem Knochen, in allem Fleisch, ein qualvolles Empfinden. Langsam reckt Hannes den Kopf; er spürt die vage Hoffnung in der angestrengt lässigen Haltung des anderen, er meint, die schmerzvolle Wandlung zur bitteren Enttäuschung in seinem eigenen Körper zu spüren, als er, langsam, ganz langsam, den Weg zum Ort einschlägt: laß mich in Ruhe – laßt mich alle in Frieden!

Hinter ihm höhnt der Junge: ich habs doch gewußt!, und als Hannes sich kurz umwendet, sieht er ihn in die andere Richtung gehen, mitten durch diesen strömenden Regen, auf die Baracke zu, sieht ihn durch die Türe treten und das Dunkel dahinter auch ihn verschlucken. Ein vages Empfinden von Neid vermischt sich mit den wirren Gedanken im Kopf des Alten, das baut sich langsam auf in ihm: Neid auf die Selbstsicherheit des Jungen, auch darauf, wie er sich, scheinbar! denkt der Alte, scheinbar überzeugt von der Richtigkeit seines Tuns für die Barackentüre entschieden hat. Ihn, den Alten, aber erdrückt die Last der Vergangenheit, die Zentnerschwere von Versäumnissen, von nicht getroffenen Entscheidungen und nicht gezogenen Konsequenzen, ihn erdrückt die Schuld aller Väter und Mütter, die zuließen, daß Lager wie das da hinter ihm entstehen konnten, die sich abwandten, wenn endlose Züge auf endlosen Gleissträngen entlangrollten, mit bleichen Gesichtern und verzweifelt winkenden Händen hinter vergitterten Fenstern. Komm weg da, hört er die harte Stimme seiner Mutter sagen, sie will ihn ins Zimmerinnere, ins Dunkel zerren, er wehrt sich: sind das Juden?, fügt, im plötzlichen Begreifen, mit sich überschlagender Stimmc hinzu: ist der Vater auch dabei – wo ist der Vater? und spürt die knochige Hand der Frau, die über seine Lippen schlägt; er schmeckt das Blut, schmeckt das Salz der Tränen im Mund.

Aber was, was! hätte ich tun können, tun müssen, ich, damals noch nicht einmal dreizehn Jahre alt? fragt sich der nun alte Mann; seine Gedanken eilen weiter: Jahre danach hat er eigene Schuld auf sich geladen, nun beugt ihn die Last des eigenen Versagens, wie es sich ihm in Alpträumen offenbart, wenn das Feuer knisternde Spuren auf Mauern und in Menschengesichter zieht.

Hannes krümmt sich noch weiter zusammen, schwer lastet der Regen auf seinem runden Rücken; ihm kann ich entfliehen, denkt er, diesem Regen, der auf ihn fällt, Stunden, Wochen oder Jahre schon, der ihn zusammendrückt, daß ihm die Knochen brechen. Die innere Zerrissenheit läßt ihn aufseufzen, seit jeher, denkt er, seit jeher kämpfe ich mit diesem meinem Inneren, das mich daran hindert, Entscheidungen zu treffen, konsequent zu sein. So hastet er vorwärts; Blitze durchlichtern das Grau um ihn herum, die ersten Häuser des Ortes unendlich weit entfernt, eine deformierte Schattenlinie vor ihm, und das Donnergetöse schüttelt seinen Körper hin und her; er ist völlig durchnäßt; hat er nicht eine Entschuldigung, wenn er sich jetzt wegdreht und einfach davongeht. Niemand kann es mir übelnehmen, mir, einem alten Mann, denkt er, wenn ich jetzt nach Hause gehe und mich zurückziehe, um meine Wunden zu lecken wie ein alter Hund. Was weiß ich, denkt er unwillig, von Gesetzen, man soll mich in Ruhe lassen. Was will man von mir, murmelt er aufsässig vor sich hin, nichts Ungewöhnliches ist an mir, außer daß ich 63 Jahre alt geworden bin. Aber das, denkt er, das ist wohl immer nur bemerkenswert für den, der in diesem Alter ist und um die Leere in seinem Leben weiß. Welche Chancen habe ich denn gehabt, etwas Besonderes zu werden, um mich nun verantworten zu können, fragt er sich; Jahre, Jahrzehnte überschlagen sich in seinem Kopf: nie wollte ich Lehrer werden, erkennt er mit gewohnter Verbitterung, sie hatten ihn dazu gebracht – sie, Eltern und Schwestern, auch diese Kindheit im alten Dorfschulhaus hat ihn bezwungen, wo der Vater als Direktor strenges Regiment führte, bis die Partei ihn in die Fänge bekam und er die Uniform anzog, die ihn so stolz, so unnahbar für den Sohn machte. Und die Kinder im Schulhaus zitterten vor ihm, lange vor diesem Krieg, auch noch wenige Wochen nach Kriegsende und bis der Sohn ihn auf dem Dachboden fand, die blaue Zunge hing ihm aus dem Mund, die Hände verkrampft und den Strick um den Hals, so zappelte der hager gewordene Körper in schlabbrigen Hosen und zerrissenem Hemd am Balken, weil man ihn, den von seiner Aufgabe als Lehrer für Deutsch und Geschichte Überzeugten, den einst Parteitreuen und später Entnazifizierten, nun nicht mehr als Lehrer einer veränderten Geschichtsbetrachtung einsetzen konnte. Es hatte seine Richtigkeit, murmelt der alte Mann vor sich hin, er konnte wirklich nicht mehr als Geschichtslehrer unterrichten.

So hat also der Sohn diese Aufgabe übernommen. Mein Leben lang, denkt Hannes, hat mich dieser Geruch nach alten Büchern, nach Tafelkreide und nassem Schwamm, nach Verzweiflung und Trotz und nach der Gewichtigkeit von roter Schrift in den Heften und Noten auf Zeugnissen nicht losgelassen. Sie, die anderen, Mutter und Schwestern, sie hatten seine Träume weggewischt, mit Vorwurf, mit Spott und Hohn und schrillem Gelächter: w a s willst du machen?! Bibliothekar? Doch nicht Bibliothekar, da verschimmelst du zwischen alten Büchern, das ist nichts für dich, du kannst Besseres leisten, du wirst Lehrer, wie der Vater, das bist du dem Vater schuldig, er hat immer gewollt, daß du Lehrer wirst, wie er. Und Hannes blickte ins steingraue Gesicht der Mutter und hatte wieder den toten Vater vor sich, die Erinnerung an die blaue Zunge zwischen den Lippen verfolgte ihn nächtelang, erfüllte ihn mit übergroßen Schuldgefühlen: keine Schere zu finden, kein Messer, nichts, mit dem er den Strick hätte durchschneiden können! Nun war er dem Vater etwas schuldig: er, der Sohn, hatte die Aufgabe zu übernehmen, Schulkindern Geschichte nahezubringen! Doch die Geschichte erwies sich für ihn als sperriges Unterrichtsfach und, trotz aller Informationen, Analysen, Meinungen anderer, als ziemlich undurchschaubar und, in vielen Fällen, als nicht nachvollziehbar; so ergab es sich, daß Hannes als Lehrer in diesem Fach nicht mehr erreichte als jeder andere seiner Kollegen. Er versuchte sich seine eigene Enttäuschung darüber lange zu erklären: Gnade der späten Geburt? Und benutzte dieses Schlagwort, das so vieles öffentlich und leicht entschuldigte, schließlich auch für anderes in seinem Leben.

Und er träumte nur noch eine kleine Weile und stumm von großen Sälen und von Büchern, die ihm Geheimnisse enthüllten, die mit ihm sprachen, mit ihm diskutierten, erfahrener, weiser als alle Gelehrten dieser Welt; er träumte nur noch ab und zu von Räumen, durchweht von den gewaltigen Strömen des Schweigens und bewacht von der regungslosen Garde der Bücher, die wie Runensteine der Ewigkeit auf ihren Regalen harren. Hannes wurde Lehrer, denn im Alltag, von den Frauen im Haus beherrscht, verblaßten alle seiner Träume.

***

Während ihm der Regen nun in Bächen über Kopf und Gesicht läuft, sein Körper in der kalten Nässe schlottert, starrt Hannes düster zur Baracke zurück und versucht, die Gefühle in seinem Innern zu ordnen. Bewegungen sind in der offenen Türe zu erkennen, jemand hat ein Fenster geöffnet, dahinter ein bleiches Gesicht, eine blasse, winkende Hand, vielleicht. Da weicht Hannes zurück, und plötzlich packt ihn der Sturm und treibt ihn vor sich her, an Mauern vorbei und durch Gassen treibt er ihn, vorbei an geschlossenen Türen und an geschlossenen Fenstern, hinter denen sich Gardinen bewegen, verstohlen zusammengehalten, sodaß Hannes die Neugier in vorsichtig vorgeschobenen Gesichtern erkennen kann. Und schließlich treiben ihn Wind und Regen, Donner und Blitz auch über den Platz mit der dürren Linde in der Mitte und dann die sandfarbene Treppe vor dem Rathaus hinauf, deren Schwung Hannes einst, er kann sich nicht erinnern, wann, bewundert hat. Jemand öffnet ihm eine Türe: mein Gott, sind Sie durchnäßt, Sie werden sich erkälten!, der Alte drängt sich durch Menschen in feuchter Kleidung und durchtritt eine weitoffene Türe, jemand sitzt hinter einem Schreibtisch, davor stehen, sitzen andere Leute; die Rechtslage ist klar, hört Hannes den Mann am Schreibtisch sagen, er erkennt in ihm den Bürgermeister, der einst den Kaufvertrag für die Hütte im Wald zwischen den Geschwistern und einem Grundbesitzer mit einem Stempel für gültig erklärte und der jetzt einen Aktenordner zur Seite legt und laut sagt: illegaler Grenzübertritt und unglaubwürdiger Fluchtweg, wir werden die Asylanträge dieser Leute ablehnen müssen. Jemand applaudiert, jemand ruft: endlich einmal eine klare Aussage nach dieser Wischiwaschipolitik! Jemand sagt: wir haben eh genug Ausländer im Land, sie müssen zurück, dorthin, wo sie hergekommen sind, bei Nacht und Nebel! Hannes sieht die rotgesichtige Frau von der Alm in der Gruppe der anderen; nun schaut sie in seine Richtung, er weiß nicht, ob er ihr sagen soll: und wenn sie dort, wo sie herkommen, auf der

Todesliste stehen, wenn sie bei ihrer Rückkehr mit Folterung und Gefängnis rechnen müssen, oder wenn sie ganz einfach nur dem Tod entrinnen wollen, der ihnen an jeder Straßenecke, hinter jeder Fensterhöhle, auf jedem Baum und jedem Hügel auflauert?, doch er schweigt, er befürchtet, sie könnte ihn nicht verstehen, könnte ihren Zorn gegen ihn richten. Er nestelt an seinem Hemdkragen, die Luft ist zum Ersticken in diesem Raum, aus den feuchten Kleidern der Leute steigt Dampf. Jemand öffnet ein Fenster, während andere weiterreden; unaufhörlich und seltsam aufgeregt, denkt der Alte und erinnert sich an einen Schwarm schwarzer Alpendohlen, die vor Zeiten in den Bäumen nahe der Hütte eingefallen waren: wie sie lärmten und sich um Schlafplätze stritten und mit den Schnäbeln herumhackten!

Was wollen die Leute hier, hört Hannes eine Frau fragen, wir sind doch kein Einwanderungsland, die Quote, die wir aufnehmen können, ist doch wohl längst überschritten. Zustimmendes Gemurmel ist zu hören; nur hier und da meint Hannes ein leichtes Zaudern in den Gesichtern zu erkennen. In all dem Lärm legt der Bürgermeister schließlich eine flache Hand auf den Aktenordner; die Polizei wird dafür sorgen, daß die Leute heute noch zurückgehen, sagt er laut, damit hätten wir das Thema wohl erledigt.

Plötzlich ist Stille im Raum; regnet es noch? fragt jemand nach einer Weile, und alle wenden ihre Gesichter den Fenstern zu, das Unwetter hat überraschend schnell nachgelassen, am Himmel ziehen die grauschwarzen Wolken eilig davon, schon ist hier und da wieder Blau zu sehen, darin die Sonne, unverändert strahlend, sengend, wie seit Wochen schon in diesem Sommer. Im Raum mit den vielen Menschen staut sich die Hitze in einer bedrückenden Mischung aus nachlassender Empörung, Auflehnung und verhaltener Wut und Erleichterung; auch Angst, denkt Hannes; es ist heiß, auf den Gesichtern glänzen Schweißtropfen. Das ist ein Sommer, sagt jemand, kaum mal eine Abkühlung, seit Wochen nicht mehr, das Obst verschimmelt auf den Bäumen, und das Heu noch nicht eingefahren, Insekten wie toll.

Plötzlich drängeln sie alle zur Türe, wo Hannes steht; schon scheint es, als wolle er zur Seite treten, da stellt er sich, er weiß nicht, warum; mag sein, denkt er wie nebenbei, mag sein, es ist die Erinnerung an das todesbleiche, aufgequollene Gesicht des Vaters oder die Erinnerung an das Mädchen Mira, das kein Wort sagte, ihn, den alten Mann, nur ansah, als könne er die Welt davon überzeugen, Richtiges zu tun –

– stellt er sich also der Menge in den Weg, mit ausgebreiteten Armen will er sie aufhalten, alle: so geht das nicht, wir müssen etwas für diese Leute tun, wir dürfen nicht wiederholen, was andere vor uns getan haben! ruft er mit krächzender Stimme. Einen Atemzug lang bleiben die anderen tatsächlich stehen, sie bleiben still; sein Körper, seine Arme sind ein Fels, an dem sich der Strom teilt, kaum, daß er ihn berührt. Er starrt in zornige, in überrascht wirkende Gesichter, er sieht wieder die Frau von der Alm; sie hat die Hände in die Taille gestemmt, Hannes kann ihre Empörung riechen. Was habe ich Ihnen getan, will er sie fragen, warum diese Wut, wir sind immer gut mit Ihnen ausgekommen, wir haben mit Ihnen geredet, mehr als mit jedem anderen in diesem Ort, wir haben bei Ihnen Milch und Butter gekauft, manchmal auch das Brot, das der Bauer Ihnen bringt, wir sind Menschen wie Sie. Doch kein Wort kommt über seine Lippen, und: was wollen *Sie* denn hier, fragt die Frau mit Härte in der Stimme; Sie haben hier gar nichts zu bestimmen, Sie sind Ausländer wie die da, und Sie haben sich wie alle anderen nach unseren Gesetzen zu richten, wenn Sie in diesem Land leben wollen, sonst ...

Einen Augenblick lang sieht sie aus, als wolle sie auf den Boden vor Hannes spucken; dann schiebt sie angriffslustig ihren Kopf nach vorn. Gleich wird sie zustoßen, denkt Hannes, wie eine ihrer Kühe wird sie mich auf die Hörner nehmen, als hätte sie schon lange darauf gewartet.

Jemand packt ihn hart am Arm: zur Seite, Sie, Sie sind hier überflüssig, wir brauchen Ihre Meinung nicht. Ein Ellenbogen bohrt sich schmerzhaft in seinen Magen, eine Faust landet mit Wucht auf seiner Schulter, eine andere in seinem Gesicht;

ich bitte Sie, sagt Hannes und hebt beide Arme über den Kopf. Jemand, dicht neben ihm, beginnt zu lachen: ich bitte Sie, ich bitte Sie! äfft er den Alten nach; es ist ein schon älterer Mann von etwa sechzig Jahren in einem ausgewaschenen Hemd, Hannes starrt auf seinen Mund, Zähne wie Ruinen darin. Ein neuer Schlag trifft den Alten in die Magengrube; ihm bleibt die Luft weg, und er fühlt den stechenden Schmerz im Körper herumwandern; taumelnd hält der Alte sich am Türrahmen fest. Das alles kann nur ein Irrtum sein, denkt er und starrt in die immer näher rückenden feindseligen Gesichter; durch die offenen Fenster des Raumes meint er Vogelrufe zu hören; das Zwitschern schwillt plötzlich zu wütender Heftigkeit an, als ginge eine Welle des Schreckens durch den Ort.

Dann, plötzlich, kommt der Strom vor ihm in Bewegung, rechts und links an ihm gehen die Leute vorbei und durch die Türe nach draußen, und in dem großen Raum mit seinen schweren Möbelstücken entsteht Atemlosigkeit, eine ungeheure, laute Stille.

***

Der Mann hinter dem Schreibtisch ist aufgestanden, er hat dem Alten den Rücken zugewandt: es tut mir leid, so etwas ist bei uns noch nie vorgekommen. Hannes umklammert das Holz des Türrahmens mit beiden Händen, die Schwäche schießt ihm von den Beinen aufwärts in den Körper. Dann dreht sich der Bürgermeister doch zu ihm um, er reicht dem Alten ein Papiertaschentuch: Sie müssen das verstehen, hoffentlich verstehen Sie das!, die Anspannung unter den Leuten ist gerade jetzt groß, wir leben in einer unruhigen Zeit, mit dem Krieg praktisch vor der Haustüre, und die Vergangenheit ist hier noch sehr lebendig. Wir können, sagt er und wischt sich über das glänzende Gesicht, wir können tatsächlich von Glück reden, daß nicht mehr Flüchtlinge kommen, der Paß ist ja so gut wie nicht gesichert, die paar Leute, die dort aufpassen. Und:

werden Sie die Leute tatsächlich zurückschicken? fragt Hannes; es gibt doch so etwas wie Humanität und Menschenrechte. Seine Stimme klingt mühsam, weil der Schmerz in seinen Eingeweiden und in seinem Rücken nicht weichen will, weil das Erkennen, ebenfalls Fremder in einem fremden, von Haß wohl übervollen Ort zu sein, ihn hilflos macht, ebenso der Klang seiner Stimme; nie vorher ist ihm so bewußt geworden, daß der Dialekt in diesem Ort ein anderer ist als in der Stadt, in jenem Land, aus dem er und die Schwestern gekommen sind, einst. Sie waren über eine Grenze gegangen, die längst keine mehr war; niemand hatte sie nach ihren Pässen gefragt, die Historie hatte diese beiden Länder miteinander verwoben, die Menschen hatten sich im Verlauf der Zeit gemischt, die Sprache unterschied sich nicht im Wesentlichen. So haben wir gemeint, denkt Hannes, jetzt furchtsam.

Der andere Mann hebt die Schultern: es gibt Bestimmungen, nach denen wir handeln müssen, auch dann, wenn wir, vielleicht, etwas anderes denken und tun möchten. Er steht auf, ein großer, übergewichtiger Mann hinter einem großen, übergewichtigen Schreibtisch; Eiche, denkt der Alte, Beamtenschreibtische sind immer aus Eiche, unverrückbar, unzerstörbar. Was sollen wir sonst tun, redet der Bürgermeister in dieser Sprache, die dem Alten jetzt schwer verständlich erscheint, weiter; es ist ein kleiner Ort, ohne Industrie, ohne Bahnanschluß, und wir haben keine Möglichkeit, Flüchtlinge in menschenwürdigen Unterkünften unterzubringen. Aber das Lager, sagt Hannes und bemüht sich, langsam und deutlich zu sprechen, damit der andere ihn versteht; und: das Lager ist ein Haufen zerfallender Baracken, ohne Wasser, ohne Strom, ohne sanitäre Anlagen, erklärt der Bürgermeister. Sind Sie schon einmal in einer der Baracken gewesen?

Hannes schüttelt vorsichtig den Kopf: nein. Wieder entsteht Schweigen. Sie können, sagt der Mann nach einer Weile, Sie können selbstverständlich Anzeige erstatten, wenn Sie das wollen, aber als Zeuge werde ich nicht auftreten, in dem Tumult habe ich nicht genau erkennen können, wer Sie angegriffen hat oder nicht, deshalb kann ich keine konkreten Angaben zu diesem Vorfall machen. Den übrigens Sie selbst provoziert haben, fügt er vorwurfsvoll hinzu.

Hannes bewegt noch immer den Kopf, um den rasenden Schmerz darin zu besänftigen und das Verschwommene vor seinen Augen zu klären. Sie dürfen das nicht so ernst nehmen, was Ihnen diese Frau gesagt hat, redet der andere Mann undeutlich weiter, doch nun wieder mit versöhnlicher Stimme, und geht um den Schreibtisch herum zu einem der Fenster. Eine von denen, die Angehörige bei dem Partisanengemetzel verloren hat, damals, Sie wissen, daran waren unsere eigenen Leute beteiligt, und die kamen schließlich auch aus Ihrem Land. Das bleibt hängen, ein Leben lang, die Leute in dieser Gegend vergessen nicht schnell, haben noch nie etwas vergessen, sie reden und reden, als wäre das alles erst gestern passiert und nicht schon vor Jahrzehnten oder vor Jahrhunderten. Niemand hier verschweigt mehr die Massengräber, in denen die Partisanen hingerichtete Angehörige der anderen Seite verscharrt haben, niemand entschuldigt andere Greueltaten, die in dieser Gegend zum Kriegsalltag gehört haben, wie anderswo und in anderen Kriegen auch und die wohl nie aufhören werden. Hier, in diesem Ort, vergißt niemand. Die Jungen erfahren die Geschichte von den Alten, und wenn die Alten sterben, übernehmen die Jungen das, so wird schon die Jugend geformt von der Vergangenheit, ist verbittert und fühlt sich vom Leben benachteiligt, weil ihnen die andere Seite, von der jetzt die Flüchtlinge in unser Land strömen, Urgroßväter oder Großväter genommen und Väter und Mütter verstümmelt hat.

Er winkt dem Alten, neben ihn ans Fenster zu treten. Sehen Sie sich das an, sagt er und deutet auf den kleinen Markplatz mit der verdorrten Linde in der Mitte; auf der runden Bank um den Stamm haben sich schon wieder die alten Männer versammelt, sie recken ihre ausgemergelten Gesichter der vom Gewitter blankgeputzten heißen Sonne entgegen oder schauen den jungen Frauen nach und falten die hageren, von Feldarbeit und dem Umgang mit Vieh gezeichneten Hände im Schoß; und dann dieser Ort, diese Ansammlung von Häusern, wie aus einem Bilderbuch, vergessen Sie das nicht, sagt der Bürgermeister, hier bewegt sich nichts, die Zeit steht still in diesem Ort, hier ist es noch genau so wie vor den beiden letzten Kriegen oder im Mittelalter, da haben diese alten Männer auch schon unter dem Baum gesessen und sich von der Sonne bescheinen lassen. Die Häuser haben ihre Geschichte, auch die Kirche, sogar dieses Rathaus. Und, sagt er und dreht sein Gesicht Hannes zu, und alles Fremde ist hier seit jeher fehl am Platz, alles Fremde wird mit Mißtrauen beobachtet und so rasch wie möglich wieder beseitigt.

Er wischt sich den Schweiß von der Stirn; und dann die unerträgliche Hitze in diesem Sommer, sagt er schließlich und starrt noch immer den Alten an; Hannes erkennt die Unerbittlichkeit in den Augen des anderen, er meint unbedingte Härte, ja, auch Zurechtweisung zu spüren.

Die Menschen werden bei dieser Hitze unberechenbar, erklärt der jüngere Mann, und seine Aussprache wird für den Alten immer unverständlicher; Sie sollten, sagt der Bürgermeister langsam, ohne den zwingenden Blick von Hannes zu wenden, Sie sollten sich überlegen, diesen Ort zu verlassen, Sie und Ihre Schwestern. Er beugt sich nach vorn: nach dem heutigen Erlebnis kann ich Ihnen das nur dringend raten; gehen Sie schnell, ganz schnell – bevor ein wirkliches Unglück passiert.

Dann wendet er sich ab, er seufzt, als würde ihn das alles nur noch langweilen, denkt Hannes; der andere setzt sich in den schweren Ledersessel und ordnet Papiere auf dem Schreibtisch. Wieso gehen, sagt der Alte leise, wir haben alle Behördengänge erledigt, die nötig waren, unseren Wohnsitz hier anzumelden, wir sind zu Recht hier, niemand kann uns vertreiben, wir fallen niemandem zur Last, wir haben unser Auskommen, wir haben das alles schriftlich belegt. Schon will er zum Schreibtisch gehen, will sich dort aufrichten und dem Mann offen in die Augen sehen, will sein Recht und das Recht der Schwestern auf Aufenthalt in diesem Land nochmals und laut und deutlich betonen; doch dann breitet sich für Augenblicke eine erfreuliche Leere in seinem Kopf aus, macht ihn lastlos, leicht, Hannes möchte lachen: das ist ein Witz – ein Witz ist das! Plötzlich setzt die Umklammerung der Gedanken wieder ein, rasch und unnachgiebig; so dünn die Schädelknochen, sie werden brechen unter diesem Druck, denkt der Alte mühsam; der Kopf ist Tonnengewicht, das den Hals verkürzt, die Schultern niederdrückt, bis das alles, auch das Elend in seinem Innern, nur noch unerträglicher Schmerz ist.

***

Wortlos geht Hannes aus dem Raum; seine schweren Schritte auf dem Steinboden in der Rathaushalle schwingen als dröhnendes Echo von Treppenaufgang und Empore zurück. Aus dem Schatten einer Säule löst sich jemand; wohin jetzt, Alterchen, sagt der Junge, der seinen Namen nie genannt hat, wie Hannes sich erinnert; der Junge kommt ihm entgegen, seine schmutzigen Sandalen hinterlassen eine feuchte Spur auf dem Boden, aus seinem schulterlangen Haar tropft Nässe. Mit spöttischem Lächeln tritt er Hannes in den Weg: hat man dich in die Pfanne gehauen, hat man dich fertiggemacht? Oder ist etwas bewegt worden, da drinnen, was werden wir jetzt tun, uns vielleicht ein bißchen aufregen, vielleicht ein bißchen demonstrieren, gar kämpfen? Er legt die Hand leicht auf die Brust des Alten, dann stiehlt sich Wachsamkeit in seinen Blick, er zieht die Hand wieder zurück, betrachtet sie; Nasenbluten, erklärt Hannes und erinnert sich vage an die Faust eines Mannes vor seinem Gesicht, bevor das Bild dieser aufgeregt wirkenden Menschenmenge vor seinen Augen in tausend Stücke zerbrochen war.

Eine ältere Frau in unauffälliger Kleidung mit salzgeränderten Schweißflecken auf der Bluse drängt sich zwischen den Jungen und Hannes, sie umfaßt mit beiden Händen vorsichtig den Kopf des Alten, sie hat sich auf die Zehenspitzen stellen müssen, um ihn zu erreichen; vertrauter Altfrauenatem streift ihn, auch der Geruch einer sonderbar beängstigenden Beunruhigung. Worauf hast du dich da nur eingelassen, mein Gott, sagt Marga, man hätte dich töten können. Verstört fährt sie fort: warum wollte man dich töten, du wolltest doch nur anderen helfen, versteht das denn niemand hier?

Da löst sich in dem Alten ein Jahrtausende alter Knoten; schier unaufhaltsam strömt ihm salzige Nässe übers Gesicht.

VI

Auch die andere Schwester ist gekommen, aufgeregt, empört gackernd umschwärmen die Frauen den Alten, umfassen seine Hände, streicheln ihm Arme, Schultern und Gesicht, greifen nach seinem Rücken, nach seiner Brust, betasten ihn unablässig: diese Schweine, diese Unmenschen, was sollen wir nur tun, wir müssen dies tun, wir müssen das tun, zur Polizei, einen Arzt, heimgehen. Ja, nach Hause gehen wir, sagt Marga schließlich energisch, dort sind wir in Sicherheit; und sie denkt an den hohen Zaun, an den festen Torriegel, an die Schlösser an der Hüttentür und an das Gefühl, nicht mehr und durch nichts und niemanden von den Geschwistern getrennt werden zu können. Ida aber sieht den wohlgefüllten Keller, die übervolle Speisekammer vor sich, in der die Speckseiten und Würste hängen, dicht an dicht, und wo die runden Käselaibe auf Regalbrettern ruhen, daneben das Brot mit krustiger Krume; wir brauchen niemanden, erklärt die Dicke dem Jungen, der ihnen auf den Fersen ist auf diesem endlosen Irrweg durch enge Gassen; er läßt sich nicht abschütteln, folgt ihnen, ist vor ihnen, hinter ihnen, neben ihnen, eine seltsame dürre Gestalt in schmutzigen Kleidungsstücken und mit klebrigem Haar, das ihm in die Augen fällt, er schlenkert mit den langen Armen; mein Gott, hat dieser Junge lange Arme, wundert sich Ida, und: laßt ihn mitgehen, sagt Hannes endlich und stützt sich schwer auf die Arme der Schwestern; er ist der einzige, der mir geholfen hat. So gelangen sie aus dem Ort, lassen auch die Feldwege hinter sich und geraten in den Wald, die Bäume sind schwer vom Regen und dampfen, der Weg aufgeweicht, auch er scheint, wie die Gassen im Ort, kein Ende zu nehmen, denkt die Dicke und schnauft, während die Sonne langsam am Horizont verschwindet.

Hin und her wanken sie, den Bruder in der Mitte; besorgt mustern sie sein verzerrtes Gesicht, die halbgeschlossenen Augen. Platz genug, hören die Schwestern ihn murmeln; er redet von Verantwortung und Pflicht, sie verstehen nur Bruchstücke, sie haben damit zu tun, ihn festzuhalten, ihn vor dem Stürzen zu bewahren, kräftig packen sie zu, stemmen sich gegen seine unkontrollierten, zuweilen heftigen Bewegungen. Die Hütte, groß genug, sagt er im unregelmäßigen Rhythmus ihrer Schritte, wir werden, müssen, sie alle, für eine begrenzte Zeit, vielleicht länger, es wird gehen. Die Dicke deutet mit einem Finger auf ihre Stirn und sieht die Schwester vielsagend an: der Hannes spinnt, Schlag auf den Kopf, kein Wunder, nach allem, was er in seinem Leben schon durchgemacht hat, jetzt auch noch dies; doch Marga reagiert mit unwirschem Kopfschütteln, sie horcht nun konzentrierter zu. Gesammelt, alles, seit Jahren, redet der Bruder weiter, übervolle Kleiderkästen, alte Matratzen auf dem Dachboden, Wolldecken in Truhen. Lüften, das alles, sagt er plötzlich laut und deutlich, sofort alles an die Luft!

Sein Schritt wird lebhafter, er zerrt die zeternden Frauen mit sich. Dann dreht er sich zu dem Jungen um, der jetzt hinter ihnen ist: wie heißt du eigentlich, Junge? Jonas, grinst der den Alten und die Schwestern an; wie der Jonas aus dem Walfisch, die Bibel, die kennt ihr ja wohl. Wie lustig, meint die Dicke, plötzlich aufmerksam und wieder gutgelaunt, du mußt religiöse Eltern haben. Keine Ahnung, erwidert Jonas, der Wal hat mich vor einem Heim ausgespuckt, bin dort auch aufgewachsen, mit diesem Namen. Du armer Junge; Ida hat ihren Bruder losgelassen und starrt den Jungen an; kein Problem, ich komm mit dem Leben trotzdem ganz gut zurecht, erklärt er. Und –, will nun auch Marga an der anderen Seite des Bruders zu fragen beginnen; desertiert, unterbricht Jonas und umtanzt die Gruppe fröhlich, seine Sandalen sind voller Schlamm und nassem Blattwerk, seine Nase rinnt, und auch aus den Haaren tropft es; wenn ich schon Soldat spielen soll, dann richtig und auf der richtigen Seite. Er deutet mit der Hand in Richtung Paß: ich denke, daß ich die dort drüben finden werde, notfalls kann ich die Seiten wechseln – falls sich herausstellen sollte, daß ich doch die falsche erwischt hab.

Sie sind stehengeblieben, mitten in dieser feuchten Dämmerung, auf einem dreckigen Weg, der, mag sein, denkt Marga, zur Hütte führt, das ist ihr jetzt nicht mehr so wichtig. Am Himmel, genau über dem Paß, ist der erste Stern aufgegangen, wie jeden Abend. Wie alt bist du? fragt der Alte den Jungen; alt genug, erwidert Jonas und blickt dem Mann fest ins Gesicht: zum Risiko bereit. Was – was, wollen die Frauen wissen und halten den Atem an, während Hannes nachdenklich den Jungen mustert und: tatsächlich? bereit auch für etwas Illegales? fragt. Du wirst doch nicht, sagt Marga und schluckt schwer an dem Kloß in ihrem Hals und den Tränen nahe, die stärker werdende Ahnung von der Auflösung all dessen, was ihr wichtig ist, was Sicherheit bedeutet und warme Gewohnheit, erdrückt sie, schnürt ihr das Herz ab, trübt ihr den Blick.

Nichts da, zuerst ein warmes Bad, dann die Wunden verbinden, bestimmt die Dicke energisch; und dann –; essen, du mußt zuerst etwas essen, übernimmt Marga eifrig den Gedanken und packt wieder den Arm des Bruders, will ihn mit sich ziehen: komm, schnell nach Hause, was stehen wir hier herum und reden blöd! Auch die Schwester zerrt am Bruder: nach Hause! Hannes aber löst sich aus dem Griff der Frauen; in seinem Gesicht ist jetzt eine Entschlossenheit, die sie am Bruder nicht kennen, die sie beunruhigt, gar ängstigt und verstummen läßt. Was starrt ihr mich an, sagt er ärgerlich, dann blickt er dem Jungen lange ins Gesicht und nickt ihm schließlich zufrieden wirkend zu: in Ordnung, ich verlasse mich darauf, daß du weißt, was du tust.

***

Und während er den Schwestern und Jonas in knappen Worten sein Vorhaben erklärt, beugt Marga sich plötzlich zur Seite; als könnte sie plötzlich besser hören, denkt die Dicke, die die Schwester beobachtet hat und nun ebenfalls den Kopf neigt und lauscht, was außer den Stimmen des Bruder und des Jungen zu hören ist; es sind die immer leiser werdenden Geräusche des Waldes und der anbrechenden Nacht; vertraute Geräusche sind es, beruhigende Geräusche, wenn ein Reh über die Lichtung setzt und trockenes Holz unter seinem Tritt zerbricht, wenn der Waldkauz das Gefieder aufplustert, bevor er seine Schwingen ausbreitet und der flüchtenden Maus folgt, wenn die fallende Eichel durchs Laub raschelt oder ein schwerer Regentropfen vom Blatt rinnt und in einer aufglänzenden Kaskade von Licht im Gras zerfällt.

Nie wieder werden wir derart konzentriert und hellhörig diesen Geräuschen einer so heilen Welt lauschen können, das weiß ich, sagt Marga zur Schwester; nie wieder wird es so sein wie früher, da bin ich mir sicher. Sie stehen, mitten auf dem schon dunklen Waldweg, und sehen dem Bruder und Jonas nach, der nachtdunkle Wald verschluckt sie, einen großen Mann, dessen Rücken ihnen jetzt breiter erscheint als je zuvor, den eilig ausschreitenden, schmächtigen Jungen neben sich. Ach geh, hör auf, du, meint Ida beruhigend und nimmt den Arm der anderen Frau, du mit deinen Unkenrufen! Wir haben jetzt andere Sorgen.

Die Mondsichel steigt über den Baumwipfeln auf, während die Schwestern weiterwandern, ruhig nun, jede in eigene Gedanken getaucht; wir werden das schon schaffen, unterbricht die Dicke schließlich das Schweigen, wir haben immer alles geschafft, wenn wir zusammenhalten, wir und der Hannes, uns kann nichts passieren. Der Nörgelton ist aus ihrer Stimme verschwunden, selbstbewußt geht sie und geht, zieht die Schwester mit sich, der Hütte entgegen. Und Marga zählt mit lauter Stimme die Wolldecken; sie reichen gerade so, sagt sie und beginnt automatisch zu sticheln: du kannst ja auch eine abgeben, du hast eh zwei, die liegen nur so rum, in deinem Zimmer, deine blödsinnige Angst vorm Erfrieren, nachts, dabei schwitzt du wie ein Schwein. Vonwegen rumliegen, meint die Dicke überraschend gutmütig, aber sie können sie haben, von mir aus, du hast recht, ich werd schon nicht erfrieren, ich hab wirklich genug Eigenwärme, und die da haben was Warmes notwendiger als ich, nach all dieser Aufregung.

***

Fröhlich spürt die Dicke der ungewohnten Kraft nach, die sich breitmacht in der fleischigen Weichheit ihres Körpers, überall, auf den Hüften und in Schenkeln und Brüsten; Ida empfindet diesen Kraftstrom wohltuend in den massigen Kurven unter den Röcken, und auch die aufkommende Bereitschaft zum Hergeben, zum Teilen, bedingungslos nun, da sie um ihren eigenen Wert zu wissen begonnen hat: zwischen Dreck und Plumpsklo, umgeben von Spinnennetzen und dürren Halmen aus verlassenen Vogelnestern, im dumpfen Mief eines Stalls! denkt sie. Sie lächelt leis bei der Erinnerung: was gehts mir gut! und sagt laut: wer weiß, was die schon alles mitgemacht haben, diese armen, armen Menschen. Das Mädchen Mira fällt ihr ein: die werden wir aufpäppeln, die Kleine, so richtig aufpäppeln, und sie kommt auf jeden Fall zu mir, ich werd sie wärmen, das dünne, arme Ding.

Was du immer im Kopf hast, sagt Marga, nun wieder gegen die Schwester aufgebracht, sie wird mit ihren Leuten zusammenbleiben wollen, ich komm zu dir, in meinem Zimmer können wir vier Leute unterbringen, mit der Couch und so. Ida ist stehengeblieben, sie legt der Schwester beschwichtigend die Hand auf den Arm: reg dich ab, es tut dir nicht gut, wenn du dich so aufregst, denk an dein Herz, du denkst viel zu wenig an dich. Im Dämmerlicht schimmert ihr bleiches, rundes, freundliches Gesicht; wie eine Käsekugel, dein Gesicht, sagt Marga mit ungewohnt weicher Stimme.

An Marga vorbei, am Ende des Weges, kann Ida die Hütte erkennen, umgeben von starken Bäumen und einem stabilen, mannshohen Zaun; es ist kein großes Haus, die Holzfarbe blättert an manchen Stellen ab, die Dachschindeln sind ausgebleicht; aber das Haus strahlt in dieser Nacht Kraft, Ruhe und Geborgenheit aus. Komm, sagt die Dicke und schubst die Schwester aufmunternd an: wir haben jetzt viel zu tun.

***

Als sie alles gerichtet haben: die Lager in den oberen Räumen, Matratzen dicht an dicht, die Decken aufgeschlagen, Kissen glattgestrichen, Handtücher aufgehängt, Seifenstücke in kleinen Schalen an Waschschüsseln verteilt und überall Licht gemacht, es ist jetzt dunkle Nacht, und in der Wohnküche den großen Eßtisch gedeckt, die Gläser ausgewischt, das dunkle Brot in dicke Scheiben geschnitten, den Speck, den Käse, die Butter auf Brettern, die leicht köchelnde Suppe auf dem Herd und das knisternde Feuer im Kachelofen – als sie also alles gerichtet haben und nun nicht mehr wissen, was noch zu tun ist, da sitzen sie, dicht aneinandergedrängt, auf der Ofenbank, die Wanduhr mißt die Zeit langsam und mit stetig lauter werdendem Ticken, und in Herzen und Gedanken machen sich wieder Unruhe, Bedenken breit; achach, seufzt die Dicke, ich weiß nicht, ob und wie. Und Marga schluckt und schluckt an dem Kloß in ihrem Hals, der dicker und dicker wird und nicht weichen will; so klammern sie sich aneinander, atmen den Angstgeruch der anderen und ihren eigenen: was wird nur werden, was soll nur aus uns werden.

Sie starren hinaus in die Nacht, die dunkler wird und noch enger um die Hütte rückt, mit all ihren Geheimnissen und seltsamen Geräuschen, mit Schatten und Bewegungen; sie sehen, in tiefes Schweigen versunken und auf dem schmalen Grat zwischen Wachen und Traum wandernd, die Sterne verblassen und den Glanz des Mondes vergehen und den Tau auf Gräsern und Blättern sich sammeln.

Und als die ersten Sonnenstrahlen die schartigen Bergrükken rechts und links vom Paß in blasses Rosa färben, taucht aus dem Wald eine Menschengruppe auf, allen voran der Bruder; die Frauen, von der Ofenbank aufgestanden und vor die Tür ins Sonnenlicht getreten, sehen nur ihn; weit öffnet er das Zauntor und läßt die anderen an sich vorbeigehen, dann schließt er das Tor, wägt für Augenblicke das große Schloß in der Hand, bevor er sich umdreht und mit raumgreifenden Schritten auf die Hütte zukommt.

Da ist den Schwestern, als füllten sich ihre Lungen zum ersten Mal in dieser endlos langen Nacht wieder richtig mit Luft. Ida streicht ihre Röcke glatt; Kaffee, sagt sie und geht, allen voran, in die Hütte zurück, der Hannes braucht jetzt einen starken Kaffee, die anderen auch. Schon bewegt sie ihre Fülle durch den Raum, Marga hört sie am Herd rumoren: so warte doch, ich mach das, du weißt doch gar nicht, wo, will sie sich vorbeidrängeln, und: Quatsch, erwidert die Dicke munter, als hätte ich noch nie im Leben Kaffee gekocht, kümmere du dich um die da.

Die Leute sind ins Haus gekommen, zusammengedrängt stehen sie an der Türe, mit bleichen, übernächtigen Gesichtern; übergroß die Augen darin, Angstaugen, denkt Marga. Setzt euch! ruft Ida, während sie den Wasserkessel auf die Herdplatte knallt, dahin und dorthin; sie deutet auf die Bank, die Stühle am Tisch: hinsetzen, gleich gibts was Warmes, das wird euch helfen, Kraft geben. Sie drängt die Schwester beiseite, die ihr die Kanne aus der Hand nehmen will: laß das, verteil du die Suppe, marsch! Ihre lebhafte Stimme ist überall im Raum, mal hier, mal da; und während Marga noch herumsteht und nicht weiß, wo sie zupacken soll in diesem Durcheinander von schweigenden, verschwitzten Frauen und Männern und Kindern, hat Ida schon den Suppentopf mitten auf den Tisch gestellt: da, verteilen! ruft sie der Schwester zu, und gehorsam zwängt sich Marga zwischen die Sitzenden, greift zur Suppenkelle und füllt einen Teller nach dem anderen, nun ebenfalls lächelnd; eine gute Suppe, sagt sie, Markknochen drin, Nudeln, genug für alle. Sie rückt den Korb mit den dicken Brotscheiben hierhin und dahin: essen, das ist gutes Brot, vom Bauern, gesundes Brot.

Dann stehen die beiden Frauen am Herd, die Wärme und das Brodeln in den Töpfen im Rücken, so sehen und hören sie den Leuten am Tisch beim Essen zu, als sie zuerst zögernd die Löffel heben oder zaghaft das Brot brechen, dann immer rascher und hörbar essen, als sich ihre Gesichter aufhellen und hier und dort leise Worte miteinander gewechselt werden, und

sie, noch unsicher, auf den Bruder und die Frauen schauen; als würden sie nicht glauben, daß sie hier sind, daß sie etwas zu essen bekommen, flüstert Ida ins Ohr der Schwester und wischt sich die perlenden Schweißtropfen vom Gesicht: als hätten sie tagelang nichts bekommen, die armen Menschen.

***

Marga aber kann ihre wachsende Neugier nicht mehr zügeln: erzähle, was war, wendet sie sich an Hannes, der seinen Teller geleert hat und ermunternd in die Runde sieht: eßt, Leute, es ist genug da. Kein Mensch, erklärt er dann müde den Schwestern, anscheinend hat kein Mensch etwas bemerkt, Jonas und ich haben die Flüchtlinge einfach aus der Baracke geholt, wir sind gegangen und gegangen, um den Ort herum, aus Sicherheitsgründen, deshalb hat es so lange gedauert, auch wegen der Kinder, wir mußten sie teilweise tragen. Die Dicke schaut in die Runde: drei Männer, schon älter, mit grauen Gesichtern und niedergeschlagenen Augen, so löffeln sie ihre Teller leer, das Brot mit knotigen Fingern brechend; fünf Frauen, Mira darunter, sie ist es, die nun lebhaft mit den anderen spricht und immer wieder auf die Schwestern deutet; vier Kinder sitzen zwischen den Erwachsenen, vielleicht neun, zehn Jahre alt oder noch jünger, Ida kann das nur schätzen; ich habe ja keine Ahnung von Kindern, sagt sie bedauernd zur Schwester, leider; dann fragt sie laut: Jonas – wo ist der Junge! Der Bruder hebt kaum merklich die Schultern: er hat noch etwas zu erledigen, er wird kommen, später.

Als Hannes aufsteht, stehen auch die anderen auf, alle Gesichter sind ihm zugewandt; ich denke, sie werden sich hinlegen wollen, es war eine lange Nacht, anstrengend, erklärt er den Schwestern, vor allem für die Kinder; und: wie sie ihn ansehen, flüstert die Dicke Marga zu, als wäre er wer und könnte ihnen wirklich helfen.

Später, als alle, Männer, Frauen und Kinder, in den Schlafräumen untergebracht sind, die Kinder sorgsam zugedeckt, die mageren Gesichter gelöst im Schlaf, die Vorhänge fest vor die Fenster gezogen, um das Sonnenlicht zu filtern, und die Worte zwischen den Männern und Frauen immer leiser werden – später sitzen Hannes und die Schwestern auf der Bank vor der Hütte, untätig jetzt, nach dieser schlaflosen Nacht; aber das ist nicht so arg, meint Ida leichthin, die Hände im Schoß gefaltet, wir können das nachholen. Wann? fragt Marga gedankenvoll und horcht nach oben zu den offenen Fenstern, wo alles still geworden ist, kein Wort ist mehr zu hören. Der Bruder hat den Kopf in die Hände gestützt; die Frauen betrachten das graue Haar, die rosa – braun gesprenkelte Kopfhaut schimmert durch; es wird eine Weile dauern, bis sie kommen, erklärt er ihnen, aber sie werden auf jeden Fall kommen, wir handeln gegen bestehende Gesetze, und das werden, das können sie nicht zulassen; man wird die Flüchtlinge abholen und über die Grenze zurückschicken wollen, und bis dahin werden wir kaum ein Auge zutun, das solltet ihr wissen.

***

Die Frauen wissen nichts zu sagen; was sollen sie auch sagen, etwa: nie wird man sie abholen, murmelt Marga, nie werde ich zulassen, daß man sie abschiebt, und: soll ich das wirklich sagen, wo ich doch genau weiß, daß wir gar nicht helfen können, was können wir ihnen denn tatsächlich mehr bieten als ein, zwei ruhige Nächte und warme Mahlzeiten hier im Haus, vielleicht. Können wir, alt wie wir sind, uns wirklich gegen Gesetze auflehnen, fragt sie sich, nun mehr und mehr beunruhigt, sie spürt ihr Herz bis in den Hals hoch schlagen. Ida aber empört sich: diese Schweine, diese Herzlosen! und zum Bruder gewandt: die Türe verriegeln, Hannes, wir müssen die Fenster verbarrikadieren, hast du das Tor verschlossen, niemand von denen wird das Grundstück betreten, das werden wir auf jeden Fall verhindern.

Erregt ist sie aufgesprungen, hat sich vor die Geschwister gestellt, die Hände auf die Hüften gestemmt: und wenn sie mich erschießen – in dieses Haus kommt niemand! Mach dich nicht lächerlich, will Marga im gewohnt tadelnden und herablassenden Ton antworten, doch vor dem erbitterten, ja, kämpferischen Ausdruck im Gesicht der Schwester verstummt sie; verändert, denkt sie, wieder überrascht, wie hat sie sich verändert!, und erinnert sich, während die Schwester und der Bruder weiterreden, Marga hört nicht mehr hin; sie erinnert sich: der Bucklige, dieser schamlose Mensch, Scheelauge, dieser Dreck, sinnloses, greiferndes Gebrabbel, aufdringliches Gehabe, schrecklich, und Ida wollte nicht gehen, sie prostituierte sich geradezu vor den Schielaugen dieses Menschen, ich mußte sie aus dem Stall zerren; entsetzlich! will sie sich wütend an den Bruder wenden.

Und doch ist da auch ein vages Gefühl von Eifersucht in all dem Ekel, das Marga davor zurückhält, dem Bruder alles, alles zu erzählen, was sich in dieser Hütte, in dem Dreck zutrug; diesem nagend werdenden Gefühl lauscht sie nun, widerwillig, nach: was, was! hat Ida, die dicke, unförmige, aus dem Leim gegangene Ida, diese mit dem Alter kindisch gewordene Frau, was sie, Marga, nicht hat, so lange hat kein Mann mehr sie so angesehen, wie dieser Bucklige die Schwester ansah, gierig, begehrlich, gar bewundernd!

Vor ihr steht die massige Frau, die vor Empörung zu beben scheint, doch Marga weigert sich plötzlich, die Schwester anzusehen, sie sieht sie einfach nicht, will nicht, vor ihren Augen verschwimmt jetzt alles, Konturen lösen sich auf, der Himmel kippt, ergießt sich über das alles –

– da formt sich nun, langsam, das Bild eines Mannes, es ist das ihres toten Verlobten,er hat eine schöne Stirn, seine Haut ist von sonderbarer Weiße, und an den Schläfen schimmert das Elfenbein der Knochen; ich habe vergessen, wer du bist, hört Marga sich leise sagen. Manche vergessen eine Zeitlang, erwidert er lächelnd; gemeinsam gehen sie aus einem Garten in den anderen, aus einem Wald in den anderen, sie hört seine

Stimme: und wenn man allzu lange säumt oder eine der Spielregeln vergißt, geht man in die Irre. Ich bin alt, sagt die Träumende, ich habe mich verirrt. Sie berührt zartstielige Blüten und Gräser aus Glas, streicht über gläserne Baumstämme und spürt Kühle unter ihren nackten Füßen. Der Mann legt seine Hand auf ihren Leib; es ist, sagt sie, nicht das Verlangen, mit einem Mann zu schlafen, es ist der Wunsch, ihn bei mir zu haben, ihm beim Schlaf zuzusehen und seinen Traum zu bewachen, ihn am Morgen zu begrüßen wie einen, der lange abwesend war. Ihm zuzusehen, wie er müde wird, sagt sie leise, müde wie ich –

– und wenn ich mich erschießen lasse! ruft die Dicke aufgebracht, hier wird niemand abgeholt und abgeschoben!

Und als Marga die Augen öffnet, steht die Sonne schon im Zenit, eine heiße, unbarmherzig grelle Scheibe am bläulichen Himmel, den nur die ruhigen, schwarz-grünen Wipfel der Fichten zu erreichen scheinen.

Was meinst du, sollen wir das Essen richten? fragt Ida die Schwester; ich muß für einen Augenblick eingeschlafen sein, sagt Marga und steht schnell auf.

VII

Und der Bruder schreitet den Zaun ab, rüttelt an den Pfosten und überprüft wieder und wieder die Schlösser, während sich die Hütte mit den Geräuschen und dem Atmen der Menschen in den Schlafräumen füllt und die Schwestern dies und das tun, eilig, um die Schatten der Schrecknisse zu vertreiben, die jeden Augenblick aus dem Wald auf sie zukommen werden; noch bei Tageslicht werden sie, mag sein, kommen, oder morgen, sagt Hannes und wendet den Blick nicht vom Weg; Gendarmen werden kommen und die Leute holen wollen. Nur über meine Leiche, trotzt Ida und stemmt die Fäuste auf die Hüften, während Marga ihr empört den Vogel zeigt.

Und als die Schwestern wieder und wieder die Vorräte in Keller und Speisekammer gesichtet haben und nun vor der Hütte sitzen und ebenfalls auf den Weg schauen, sehen sie den Jungen aus dem Wald auftauchen; Jonas – Jonas ist da! ruft Ida aufgeregt den Geschwistern zu; Hannes, das Tor, du mußt ihm das Tor aufmachen! Und während sie dem Bruder voraneilt, sieht sie auch den Buckligen auf den Zaun zukommen, er hat das Ende eines Stricks in der Hand, am anderen Ende stakst ein Ziegenbock mit schütterem Kinnbart, um ihn scharen sich meckernde Ziegen; fünf, sechs zählt Ida laut und übersieht den zotteligen Hund, der schweifwedelnd am Zaun steht und dann das Bein hebt; sie denkt plötzlich an Milch, Ziegenmilch! und niemand hat daran gedacht, daß sie nun nicht mehr zur Sennerin gehen können wie gewohnt, daß sie auf Rührmilch verzichten werden, auf den frischen Geruch von süßem Rahm und fettem Käse: na, sowas! total vergessen!

Für Augenblicke wird ihr beklommen, dann sieht sie dem Bruder zu, wie er zuerst das obere Schloß öffnet, dann das handtellergroße an der Klinke. Jonas, vom Geruch nach Schweiß und körperlicher Anstrengung umgeben, tänzelt an ihnen vorbei, dann stolpern und springen die Ziegen herein, ein Zicklein darunter, lieb! murmelt die Dicke und erwidert, nun doch etwas irritiert, das Lächeln des Buckligen, der ganz nahe an ihr vorbeigeht, ein Auge fest auf Ida gerichtet, das andere irgendwohin, der sich leicht vor ihr verbeugt: Gnädigste; und: wieso, Sie hier? fragt die Dicke.

Der Mann bleibt vor ihr stehen; Jonas ist mein Freund, erklärt er, und Sie brauchen Milch und Käse, für alle diese Menschen, da habe ich mir gedacht, ich bleibe auch gleich hier, Sie werden nämlich jede Hilfe brauchen.

Wenig später sitzen sie alle um den Tisch herum, Hannes, Ida, Marga, Jonas und der Bucklige; die Flüchtlinge sind von oben gekommen und haben sich ebenfalls hingesetzt; die Kinder haben sich den Schlaf aus den Augen gerieben und die Gesichter am Brunnen blankgewaschen, glänzen wie gescheuert, die klatschnassen Haare an Kopf und über Stirn festgeklebt; die Kinder also spielen mit den Tieren auf der Wiese hinter der Hütte, ihre Stimmen sind zu hören, leise zuerst, dann ungezwungen, ausgelassen, ihre hellen Stimmen steigen und fallen mit den Mückenschwärmen zwischen Gras und Himmel, gleichen Spinnweben, die sich zart und leicht mit dem Wind hin und her bewegen.

Erzähle, fordert Hannes den Jungen auf; und: man redet, berichtet Jonas grinsend und läßt sich von Ida das Glas mit Brunnenwasser füllen. Aufregung überall im Ort, erzählt er, Krisensitzung im Rathaus, Gendarmen in Alarmbereitschaft. Sie alle am Tisch hören ihm zu, sie haben Jonas ihre Gesichter zugewandt, lauschen, aufmerksam, gespannt, konzentriert; ich glaub, sie verstehen alles, sagt die Dicke leise zum Buckligen neben ihr und beobachtet die Fremden; obwohl sie unsere Sprache nicht sprechen, verstehen sie jedes Wort.

Der Bürgermeister, sagt der Junge, der Bürgermeister hat heute in aller Früh, als man das Verschwinden der Leute aus dem Lager bemerkt hatte, sofort mit der Landesregierung telefoniert, hat sich Anweisungen geholt, nur ja nichts selbst entscheiden. Sie wollen einen Vertreter schicken, einen von ganz oben, sagt er, bis dahin haben wir wohl Ruhe. Und dann, flüstert Marga in die Stille am Tisch, was passiert dann?; und

Hannes antwortet nach einer Weile ruhig: wir werden sehen, es wird sich alles regeln lassen, man wird mit uns reden müssen, Lösungen überlegen müssen.

Die Männer und Frauen sitzen lauschend, ganz still und bewegungslos am Tisch; wie versteinert, flüstert die Dicke der Schwester an ihrer anderen Seite zu; sie haben nichts angerührt, weder den Braten noch das Gemüse, auch nicht die Getränke; so eßt doch! eßt! ruft Marga los und deutet auf Schüsseln und Teller; bevor alles kalt wird. Und Jonas greift zu, er schaufelt sich den Teller randvoll: hab ich einen Hunger! Dann bewegen sich auch die anderen; die Geräusche von Messer und Gabel, die Stimme des Jungen, das alles ist überlaut in diesem Augenblick, es läßt die Grenze zwischen Schrecken und Freude zurückweichen, und auf den Gesichtern der Frauen und Männer zerspringt langsam, ganz langsam das Eisige, das Erstarrte in kleine Stücke.

Es wird sich alles regeln lassen, wiederholt Ida laut die Worte des Bruders; sie stößt der Schwester neben sich den Ellenbogen in die Rippen: man wird mit uns reden müssen, vernünftig! reden, so einfach ist das nicht, man muß mit uns reden, hörst du! Sie spürt plötzlich den Schenkel des Buckligen an ihrem Schenkel, Wärme springt über, von Fleisch zu Fleisch, rhythmisch durchpulst vom warmen Blutstrom, der strömt kraftvoll durch große Adern, verteilt sich in Fingerkuppen und Zehenspitzen, in feinsten Durchlässen, er löst so leicht, so rasch Verklemmungen, öffnet Tor und Tür; ach, was geht es uns heute gut! ruft die Dicke, auf einmal fröhlich, in die Runde; mit allen diesen Menschen am Tisch fühlt sie sich verbunden: denkt nicht an morgen, Leute, genießt das Heute, wer weiß schon, wie lange das noch dauert.

***

Hannes hat Wein aus dem Keller geholt, dort sammeln sich die Flaschen in Regalen, dicht an dicht und vom Staub überzukkert; seit Jahren sammelt er, erklärt Marga der Frau ihr gegenüber, noch vorsichtig, doch schon von der Heiterkeit der Schwester angesteckt, tief im Innern, denkt sie, da, wo sich nun Fatalismus breitmacht: sollen sie doch kommen, die Gendarmen, was kann uns schon passieren, in unserem Alter, wir haben unser Leben gelebt, und das nicht schlecht – seit Jahren, erklärt sie also der Frau ihr gegenüber und spricht langsam und deutlich: überall Spinnweben und Staub, horten wollte er sie, für besondere Gelegenheiten, vielleicht ist sie jetzt da, die bessere Gelegenheit, ein Fest, sagt sie und schaut in die Runde, wir feiern ein Fest, das erste Fest seit Jahren, ach, was sag ich, seit Jahrhunderten! und: nur Wasser haben wir getrunken, reines Quellwasser, berichtet sie, die Quelle hinter der Hütte, der Brunnen, reinstes Wasser. Dann lacht sie laut auf: was red ich da von Weinflaschen!, sie schaut sich um: ich weiß doch, daß ihr mich nicht verstehen könnt, aber was solls, scheiß der Hund drauf!

Und alle lächeln nun auch Marga zu und heben ihre Gläser. Auf uns alle, sagt sie und blickt auf diese Menschen, deren Namen ihr egal sind, Marjan oder Mitko, egal, wie ihr heißt; sie lacht, sie hat die Namen schon vergessen, bevor sie ausgesprochen waren, das Herz einfach übervoll für diese Leute und ihr Schicksal und alles das, was hinter ihnen liegen und was noch auf sie zukommen mag, auf sie alle, sie und die Geschwister inbegriffen; übervoll das Herz auch für den Bruder und für die dicke, schnaufende Schwester, für den Jungen und nun sogar für den Buckligen: auf uns alle und auf diesen Augenblick.

Langsam, ganz langsam lösen sich auch die letzten Spuren von Verspannungen in den Gesichter der Flüchtlinge; woher? fragt Marga, und die Frau neben ihr malt mit dem Finger den Umriß eines Landes in die feuchten Glaskringel auf dem Tisch: da! und tippt auf einen winzigen Fleck: Heimat, Familie; alle schauen zu, nicken, wollen den Umriß vergrößern, zeichnen Linien und Punkte in die Feuchtigkeit. So was! schreit Ida munter los, blöd sind wir, wir haben doch einen Atlas im Haus! Und schon rennt sie, überraschend leichtfüßig, denkt Marga erstaunt, rennt also die schmale Treppe nach oben, Marga hört sie herumkramen, etwas poltert auf den Fußboden, dann kommt die Dicke, beladen mit Atlanten und Straßenkarten, von oben, schiebt das Geschirr auf dem Tisch beiseite, und dann reden sie alle durcheinander, mit Händen und Füßen reden sie, in Bruchstücken; sie zeigen auf die Landkarte: da und da, kaputt, nix! Einer der Männer macht eine Handbewegung zum Hals hin: tot, Frau tot, Sohn tot, Bruder tot!, ein anderer sagt: bum – bum! und öffnet das Hemd und zeigt auf seine eingefallene, verknöcherte Brust; eine verkrustete Narbe dort, noch nicht verheilt, bei deren Anblick Marga die Augen schließen muß und Ida den Atem anhält; wie schrecklich, wie furchtbar, entsetzlich! Ein anderer nimmt die schwarze Kappe vom Kopf, zeigt auf eine rotflammende Narbe, quer über dem kahlen Schädel, und hält, augenrollend, ein Messer in die Höhe: au!

Eine der Frauen verschränkt die Arme vor der Brust, als wiege sie ein Kind: weg!, sie zuckt mit den Schultern. Eine andere beginnt plötzlich zu weinen und klammert sich an die ältere Frau neben ihr; und das Mädchen Mira steht auf, mit nach innen verlorenem Blick, den Mund fest zusammengepreßt, so steht Mira auf und geht ruhig auf die Wiese vor der Hütte zu, dort steht sie, im Schatten der Fichten und Lärchen, den Oberkörper vorgeneigt, als lausche sie einer Musik, unhörbar nur für die anderen Menschen, die nun wieder schweigend am Tisch sitzen und aneinander vorbeischauen.

Und dann beginnt Mira zu tanzen und sich zu wiegen, mit nach hinten geworfenem Kopf, die Arme schlenkernd, als gehörten sie nicht zu diesem mageren, noch kindlichen Körper, tanzt und wiegt sich Mira, verloren im Verströmen der Abendsonne zwischen den Bäumen.

Ein alter Mann bewegt sich seufzend, kaum bemerkbar, unterbricht das plötzliche Empfinden von Einsamkeit und Leere, das Marga frösteln macht; der Mann tippt sich mit dem Zeigefinger auf die Stirn: Loch im Kopf, arme Mira. Alle schweigen, bis eine Frau leise nach den Kindern ruft; sie kommen, umschwärmt vom Hund des Buckligen, zum Tisch vor der Hütte, Gesichter und Haare verschwitzt vom Herumtollen, das Lachen noch in Augen und Mundwinkeln, so schmiegen sie sich an die Frauen, die, vielleicht, denkt Marga, ihre Mütter oder Großmütter sind oder einfach nur Menschen, die ihre Arme fest um diese Kinder legen, sie festhalten, beschützen wollen, weil sie anderes verloren haben und nicht wiederfinden können. Sie schaut mitleidig in diese Kindergesichter, in die der Krieg scharfe Linien gezeichnet hat, die auch das Spielen nicht hat löschen können, dunkel, fast schwarz die Riesenaugen zwischen verletzlich wirkenden Knöchelchen. Und plötzlich wird sie sich der Verantwortung bewußt, die sie und die Geschwister und zwei andere Männer auf sich geladen haben: mein Gott, denkt sie, hilf uns, daß wir diese Menschen nicht enttäuschen! Und sie blickt in die Gesichter von Bruder und Schwester, in die von Jonas und dem Buckligen: wir, selbst auf der Flucht, unser Leben lang, und zwei Behinderte – wie sollen wir das, um Himmelswillen! schaffen?

***

Dann lockt der Bucklige schnalzend die Ziegen: ich muß sie melken, es ist ihre Zeit, sagt er zu Ida, die neben ihm sitzt, und Ida wendet sich an die Schwester: ein Eimer, wo ist ein Eimer! und als Marga nicht reagiert, nur ins Leere starrt, die Hände im Schoß gefaltet, sagt sie laut: blöd schaust du jetzt aus! und steht selbst auf und geht ins Haus, um das Gefäß zu holen.

Der Tag ist vergangen, das Zauntor blieb verschlossen, niemand hat Einlaß begehrt. Die Nacht ist wieder von sonderbarer Ruhe und Klarheit, mit dem zunehmenden Mond über den kantigen Bergen und den so nahen Sternen und den Baumwipfeln; alle Fenster der Schlafräume im oberen Geschoß der Hütte sind geöffnet geblieben; Luft muß in die Räume, bei so vielen Menschen, denkt Marga, müde jetzt von diesem Tag. Sie wartet auf die Schwester, die noch draußen ist, irgendwo, manchmal ist ihre Stimme zu hören, auch leises Gelächter der Dicken, dazwischen die rauhe Antwort des

Buckligen, unverständlich. Und Marga denkt: was für ein Tag! und legt die Hände auf die Brust und spürt das Klopfen im Fleisch: ein wenig unregelmäßig, das war schon immer so, warum darüber reden. Es ist nichts, flüstert Marga, nichts, alles ist in Ordnung. Sie hört den Bruder im Nebenzimmer, er wälzt sich seufzend im knarrenden Bett, vor einer Weile noch hörte sie ihn mit dem Jungen reden, der sich ein Lager auf dem Fußboden gerichtet hat; Marga steht auf und geht in das Zimmer des Bruders, hockt auf der Bettkante, das unförmige Nachtkleid um sich gebauscht: was soll nur werden, Hannes, was wird mit uns geschehen. Im Mondlicht ist sein Gesicht auf dem Kissen todesbleich, er atmet schwer, mit offenem Mund, hinter den Lidern bewegen sich seine Augen hin und her; auch Jonas rührt sich nicht, er hat die Decke über den Kopf gezogen, liegt stumm da, zusammengekrümmt; so ein kleiner Haufen Mensch, murmelt Marga und denkt an die Kinder in den Nebenräumen, zwei, drei Schaufeln Erde würden reichen, ihn völlig zu bedecken. Wie kannst du nur schlafen, sagt sie schließlich leise, über den schlafenden Alten geneigt, was ist das für ein Schlaf, dem Tod schon so ähnlich.

Eine Weile noch lauscht sie dem schweren Atem des Bruders, dann verläßt sie das Zimmer; sie durchwandert das Haus und spürt doch keinen Boden unter ihren bloßen Füßen, sie geht durch Flure und über Treppen, die kein Ende nehmen, als wäre dieses Haus unendlich groß und weit; ein Gespenst, vielleicht bin ich nur noch Geist, denkt sie und legt ihre Hände auf Wände und Möbelstücke, die vor ihr zurückweichen, sich auflösen. Marga bewegt offene Türen und sieht Menschen, dicht an dicht, auf Matratzen und in Betten liegen, alte Männer und früh gealterte Frauen, Kinder mit Greisengesichtern, und alle todesbleich und mit schweratmenden Mündern; schon tot, flüstert Marga und streicht sanft über die leichenblassen kleinen Kinderhände auf den Decken, schon gestorben, gestern oder vorgestern. Erschreckende Bildfolgen ziehen in diesem Geisterlicht an ihr vorbei: endlose Leichenberge türmen sich vor ihr auf, Massengräber öffnen sich, lautlos stürzen Menschen in diese Tiefen. Wie haben wir das vergessen können, denkt Marga, und warum verhindern wir nicht, daß so etwas wieder geschieht, wieder und wieder und überall, jahrelang haben wir die Augen zugemacht, nichts sehen, nichts hören wollen von dem Leid und von dem Schmerz um uns herum, kein Zeichen dagegen gesetzt, unser Leben lang. Wie war das nur möglich, fragt sie sich, ruhelos weiterwandernd durch dieses Haus, in dem die Gegenwart die Spuren vieler Menschen in Dielen, auf Türklinken und auf Wände zeichnet; die Zukunft, flüstert Marga, erfüllt von Bangen, wird diese Spuren auslöschen, nichts, nichts wird übrigbleiben, nichts von den Leuten, nichts von uns Geschwistern, als wären wir nie dagewesen, auf dieser Welt, als hätten wir nie existiert, nie mitgelitten im Leid jener, denen Unrecht angetan wird.

***

Und später, viel später, während sie sich aus dem zu warmen Deckbett schält, als die Sonne bereits die Baumstämme erreicht hat, hört Marga Stimmen, irgendwo draußen. Laute Rufe hört sie und das Schlagen von Metall auf Metall. Plötzlich ist Ida an ihrem Bett: steh auf, sie sind da! Die Dicke zerrt an der Bettdecke: daß du nichts gehört hast! Wer – was, stammelt Marga, noch verfangen im Dickicht ihrer Träume. Der Regierungsvertreter, der Bürgermeister, zwei Gendarmen – schau selbst! Und grob stößt Ida die taumelnde Schwester zum Fenster; Marga sieht Hannes innerhalb der Umzäunung stehen, Jonas dicht bei ihm, auf der anderen Seite des Zauns zwei beleibte Männer in Zivil, hinter ihnen die Gendarmen. Der Bürgermeister hat ein Papier in den Händen, Marga sieht, wie sich seine Lippen bewegen und wie Hannes dann energisch den Kopf schüttelt. Was sagt er, ich hör nichts, sagt sie zur Schwester; doch Ida ist nicht mehr da, sie trampelt die Treppe nach unten. Rasch steigt Marga aus dem weiten Nachthemd und in ein Hauskleid; überall im Haus sind jetzt Geräusche, Flüstern und Bewegungen, vorsichtige Tritte auf knarrenden Dielen, aber als Marga in den Flur schaut, ist dort niemand zu sehen; als wären sie alle unsichtbar geworden, denkt die Frau. Sie öffnet behutsam eine der Türen; im Zimmer drängeln sich die Flüchtlinge in einer dunklen Ecke zusammen, und Marga empfindet ihre Unruhe und Angst wie einen Schlag.

Sie legt den Finger auf den Mund: seid ruhig, seid ganz ruhig, es passiert euch nichts! sagt sie mitten hinein in diese schlingernde Furcht, in diese Todesangst, dann schließt sie leise, ganz leise die Türe hinter sich und geht schnell die Treppe hinunter und durch die offene Haustüre zu der Menschengruppe am Zaun.

Das ist Privatgrund, hört sie den Bruder, scheinbar ruhig, sagen, und Sie haben kein Recht dazu, ihn zu betreten. Marga hört das leichte Zittern in seiner Stimme, sie legt dem Bruder die Hand auf den Arm und spürt die Anspannung seines Körpers, seine Muskeln sind hart wie Stein; an seiner anderen Seite ist Ida, dicht an Hannes gerückt, hinter dem Alten steht Jonas, neben ihm der Bucklige, und jeder von ihnen hat den einen oder anderen Arm des Bruders angefaßt. Der Bucklige hat den mächtigen Kopf nach vorn geneigt, sein kräftiger Arm reicht ihm fast bis zu den Knien, die Hand ist geballt; auf der Lauer, denkt die Frau und empfindet beim Anblick dieses Mannes zum ersten Mal so etwas wie Beruhigung: er ist auf unserer Seite, auf ihn können wir uns verlassen.

Wir wissen, daß die Flüchtlinge bei Ihnen sind, redet nun der Bürgermeister weiter und wedelt mit einem Stück Papier: hier, das ist die klare Anweisung der Landesregierung, die Leute noch heute über die Grenze zu schaffen; der Vertreter der Landesregierung – er deutet auf den schwitzenden Mann im dunklen Anzug und mit Krawatte um den Hals neben sich – wird das bestätigen. Der nickt, greift dann in eine Hosentasche und wischt sich mit einem Taschentuch über das glänzende Gesicht: mein Gott – dieser Sommer.

Hannes aber löst sich langsam aus dem Griff der anderen: das interessiert mich nicht, wir haben keine Flüchtlinge im

Haus. Der Bürgermeister wirkt nun empört, Röte steigt ihm vom Hals ins Gesicht: ich verstehe Sie nicht, Sie können sich diesem Beschluß doch nicht einfach widersetzen, wir werden die Leute notfalls mit Gewalt aus dem Haus holen, und das kann für Sie unangenehme Folgen haben, wie Sie wissen. Hannes aber wendet sich, scheinbar gelassen, zum Gehen: das ist Privatgrund. Hören Sie! brüllt der schwitzende Mann los, wir lassen uns nicht verscheißern, Sie öffnen sofort das Tor!

Da tritt Ida dicht an den Zaun, die Hände in die Taille gestemmt, ihre klobigen Beine scheinen fest mit dem Erdboden verwachsen: müssen Sie so losbrüllen? hier, in dieser Einsamkeit, hört Sie doch jeder, egal, wie leise oder laut Sie sprechen. Oder, höhnt sie, sind Sie vielleicht selbst schwerhörig und haben nicht gehört, was mein Bruder sagt? Ha! fügt sie knurrend hinzu. Sie starrt abwechselnd dem dicken Bürgermeister und dem Mann von der Regierung ins Gesicht, bis der Mann aus dem Ort den Blick senkt und der Schwitzende wieder das Taschentuch zieht: so seien Sie doch vernünftig, sagt er mit gepreßter Stimme, Sie können die Leute nicht hierbehalten, wo wollen Sie die alle unterbringen, sie brauchen Essen, Kleidung –.

Ida unterbricht ihn wütend: und w e n n die Flüchtlinge tatsächlich bei uns wären, glauben Sie mir, sie bekämen, was sie brauchen, nämlich nicht nur Nahrung und warme Betten und was-weiß-ich-noch, sondern vor allem Mitgefühl und Mitleid, also etwas, das S i e anscheinend nicht haben. Sie klopft sich mit der geballten Hand auf den Busen: w i r geben nämlich alles, wir haben noch ein Herz in der Brust – da! Und sie pocht sich mit der Hand auf die Brust: da – da haben Sie wohl nur noch einen Stein!

Die Dicke steht vor dem Zaun, verstummt nun und mitten in der Sonne, die Aufregung hat ihr Gesicht hochrot gefärbt, auf ihrer Nase glänzt der Schweiß; ein Fels, denkt Marga verwundert, die bringt nichts aus dem Gleichgewicht, schon gar nicht um. Hinter ihnen klatscht sich der Bucklige mit der flachen Hand auf den Schenkel: bravo, Gnädigste!

Und dann stehen sie wieder da, schweigend stehen sie und stehen, die einen auf dieser Seite des Zauns, die anderen auf der anderen, starren sich an oder aneinander vorbei; einer der Gendarmen hat seine Hand demonstrativ auf das Koppel an seiner Hüfte gelegt, der andere, jung noch, mit unsicherem Gesichtsausdruck, nimmt sich immer wieder die Mütze ab, um sich mit einem großen, bunten Taschentuch die dicken Tropfen von der Stirn zu wischen.

So geht das nicht, sagt der Bürgermeister nach einer Weile mit sonor klingender Stimme; und Ida zischelt: Scheißkerl! in Margas Ohr. Ich erkenne Ihre Hilfsbereitschaft an, redet er weiter, so etwas findet man nicht mehr oft; Ihre Haltung ist lobenswert, ohne Zweifel. Aber, sagt er, seine Stimme wird wieder scharf, alles hat seine Grenzen!

Marga betrachtet das Gesicht des Mannes neben dem Bürgermeister; er wirkt jetzt entschlossen, ungeduldig, er hat das Taschentuch wieder zusammengefaltet und weggesteckt. Der heckt was aus, denkt sie, wir müssen uns vor ihm vorsehen. Und plötzlich spürt sie die sengende Hitze der Sonne auf ihrem Kopf; fast schon Mittag, sagt sie laut zur Schwester, wo ist nur die Zeit geblieben; dabei beobachtet sie den Mann, der nun rasch auf die Uhr an seinem Arm schaut: wahrscheinlich steht bei ihm zu Hause bereits das Essen auf dem Tisch, flüstert Marga, und es ist ihm unangenehm, hier noch herumzustehen, er will gehen, nicht zu spät kommen, wahrscheinlich ist seine Frau eine, die schimpft, wenn er unpünktlich ist. Warum geht er dann nicht endlich! sagt die Dicke vernehmlich, mir knurrt der Magen schon lange, er hängt mir runter bis zum Knie! Dann hören sie den dicken Mann sagen: Durchsuchungsbefehl, wir werden mit einem Durchsuchungsbefehl wiederkommen, verlassen Sie sich darauf, und dann – ! Einen Kaas werden Sie! brüllt Ida dazwischen; zuerst lassen Sie zu, daß man meinen Bruder halbtot prügelt, dann reden Sie von Gesetz und Ordnung, und jetzt drohen Sie uns sogar, wer sind Sie denn, ha!

Marga versucht, die Schwester weg vom Zaun zu zerren, die prügelt die Luft jetzt mit beiden Fäusten, Glutröte im

Gesicht: denk an dein Herz, Ida! und: jaja, mein Herz! zetert die Dicke, rollt mit den Augen und schnappt nach Luft, wenn ich tot umfall, dann sind die hier schuld, das werden die nie vergessen, ihr Leben lang nicht, wenn sie meinen Kadaver beseitigen müssen, da werden sie aber zu tun haben, denn in ein normales Grab paß ich nicht hinein!

Unter Margas Griff reißt Idas Kittel auf: da siehst du, was du gemacht hast, sagt die Dicke, leicht ernüchtert; mit der Schwester zusammen schaut sie den davoneilenden Männern nach und lacht lauthals los: denen hab ichs gegeben, die rennen ja wie die Hasen!

***

Was ist es, denkt Marga später, als sie die verängstigten Menschen nach unten geholt haben, wo sie nun, stumm und starr, rund um den großen Eßtisch sitzen, auch die Kinder schweigend, mit angstvoll geweiteten Augen, als Jonas und der Bucklige am Zaun enlanggehen, unablässig und sorgsam den Waldrand beobachtend, als Ida mit ungewohnter Behendigkeit in der Wohnküche rumort und der Bruder herumwandert, mit schweren Schritten durchmißt er die Hütte, den sorgvollen, prüfenden Blick von den buschigen Augenbrauen beschattet – später also denkt Marga: was ist es, was uns dazu bringt, die doch eigentlich überschaubaren und annehmbaren Grenzen in unserem Leben zu überschreiten, uns auf Wagnisse einzulassen, die wir stets zu vermeiden suchten? Sie erinnert sich plötzlich an die Mutter, die sich bis zu ihrem Tod geweigert hatte, mit ihnen über den Selbstmord des Vaters zu reden: das geht euch nichts an, das versteht ihr nicht, laßt mich in Ruhe. Sie regte sich auf, wenn Sohn und Töchter damit begannen, bestimmte Geschehnisse der Vergangenheit zu diskutieren und von der Mutter wissen wollten: was geschah wirklich mit den Menschen, hast du nichts gesehen, wirklich nichts gemerkt! Dann konnte es passieren, daß die Mutter, wütend, unbeherrscht, Teller und Töpfe auf den Fußboden warf: nein und nochmals nein: wir haben nichts gesehen, nichts gehört, nichts gemerkt, wir lebten auf dem Land, da gab es kein Lager, keinen Gasofen, wir wußten von nichts! Nur einmal, so erinnert sich jetzt die Tochter, und das war kurz vor ihrem Tod, da blieb sie still, da sagte sie nur: manchmal kann man aus der Geschichte lernen, daß es besser ist, aus der Geschichte nicht zu lernen. Ihre erschreckende Launenhaftigkeit aber hielt sie durch, bis zu ihrem Sterben; eine herrschsüchtige, unbeugsame Frau, erinnert sich Marga, eine schreckliche Frau, die sich, dominierend, autoritär bis zu ihrem Ende vor einigen Jahren, anmaßte, über das Leben ihrer Kinder zu bestimmen, ihre Interessen und Wünsche, ihre Hoffnungen und Träume zu leiten, als sie längst Erwachsene waren; sie hockte mit ihnen in einem Haus, sie war überall, sie inspizierte ihre Zimmer und verbot den näheren Umgang mit anderen Leuten: ihr habt euch selbst, ihr seid euch genug. Und: sie belud schon früh diese nun vaterlos heranwachsenden Kinder mit einer unerklärlichen und schrecklichen Schuld, die vage blieb und gerade deshalb so erdrückend war, eine Schuld, erwachsen in einer Vergangenheit, die sie als Kinder erlebt hatten, über die ihre Mutter sich aber lediglich in dunklen Andeutungen verlor, nichts erklärte: euer Vater hat bezahlt, aber nicht genug für das, was er getan hat. Und auf die Frage: was hat er getan, hat das etwas mit den Juden und dem Holocaust zu tun? antwortete sie nicht mehr; sie wurde grob und mißmutig. Und auch in der Schule bekamen sie keine Antwort: der Geschichtsunterricht endete mit dem Ende des ersten großen Krieges. Mutter, sagt Marga vor sich hin, sie kostet das Wort auf der Zunge und empfindet nichts: eine Mutter, die uns, denkt Marga, nun seltsam berührt von der Härte in ihrem Innern, uns, ihren Kindern, damit jeden Versuch verbot, Liebe zu empfinden und Liebe zu geben, ohne Erwartung, einfach so. Das Herz wird ihr schwer bei diesen Gedanken: aber warum sind wir nicht ausgebrochen?

Marga betrachtet den Bruder, dessen Rücken verholzt ist von Schmerzen und kalkigen Ablagerungen; sie beobachtet die Schwester, deren wohl kindlich gebliebenes Gemüt dazu beigetragen haben mag, daß ihr das Wechselhafte ihrer Stimmungen nichts anhaben konnte, nichts auf Dauer. Waren wir je glücklich? fragt sich Marga nun, und: was ist Glück überhaupt, denkt sie aufgebracht, nur ein warmes Gefühl, vorübergehend, dem Flügelschlag eines Falters gleich? War sie glücklich, damals, in den Armen eines Soldaten; sie weiß es nicht mehr, sie hat das vergessen, der blutige Fleischklumpen im Eimer ist gegenwärtiger geblieben, auch das Loch in ihrem Bauch, das nie jemand zu füllen vermochte, so oft sie es auch versucht hatte, in früheren Jahren.

Margas Blicke wandern über die Menschen am Tisch: sind sie je glücklich gewesen? Mira, vielleicht das Mädchen Mira? fragt sie sich und ist schon erschüttert von der Verlorenheit in Miras Gesicht; soll sie, Marga, eine alte, einsame Frau, es wagen, sich mit diesem Kind einzulassen, ihm, und vielleicht war es ihr tatsächlich möglich!, ein wenig Glück zu vermitteln? Nein, denkt sie sofort und sieht wieder das harte, unversöhnliche Gesicht der Mutter vor sich; mag sein, ich bin wie sie, ich würde das Leben dieses Mädchens ebenso zerstören wie sie mein Leben zerstört hat.

Und plötzlich laufen Tränen über Margas Gesicht; der offene Mund entläßt ein tiefes Seufzen. Was hast du denn, sagt Ida leise neben ihr und stupst sie in die Seite, du wirst sehen, es wird alles gut, hab keine Angst, komm, hilf mir beim Kochen.

VIII

Sie kommen; vom Paß sind leichtfaserige Nebelschwaden eingefallen, nach einem heftigen Regen, von einem kurzlebigen Gewitter vorangetrieben, das über den Bergen erschien und mit drei, vier zuckenden Blitzen und Donnerschlägen endete, nun beugt sich das Gras unter der nassen Schwere, die Sonne zieht Dampf aus Wiesen und Wald.

Hannes sieht sie kommen, während er unruhig am Zaun hin- und herwandert, verfolgt von den sorgenvollen Blicken der Schwestern, die im Haus herumwerkeln und zueinander sagen: Sorgen mache ich mir, um den Hannes, verändert hat er sich, in diesen Tagen; sie sagen: eigentlich sogar positiv, sein Rücken scheint ihm nicht mehr so zuzusetzen, aber wer weiß, was noch alles kommt, ich bin nicht sicher, daß er das durchhalten wird!, und sie schauen sich in die Gesichter: ach was, Sorgen, sagt die Dicke dann und reckt den wuchtigen Körper, den Kopf in den Nacken gelegt; der Hannes weiß, was er tut, wir haben ihn immer unterschätzt, immer den kleinen Bruder in ihm gesehen, jetzt zeigt er, was in ihm steckt. Und ich, sagt sie laut, ich lasse ihn nicht allein dabei! Wie zuversichtlich du plötzlich wirkst, sagt Marga zur Schwester und legt die Hand auf den Busen, wo es angstvoll pocht und pocht; obwohl die Angst eigentlich nachlassen müßte, jetzt, sagt sie, da wir diesen Plan haben; und du meinst, das klappt wirklich? Eh klar, erwidert die Dicke zuversichtlich, die Männer haben gegraben und abgestützt wie verrückt, die halbe Nacht durch. Man kann sie gar nicht finden in diesem Wirrwarr von Stollengängen; da verschwinden sie einfach für eine Weile, bis die Lage sich entspannt hat. Und inzwischen werden der Hannes und – sie schürzt lächelnd die Lippen – Jakob bis zur Bundesregierung gehen, wenns sein muß. Jakob, sagt Marga, ich wußte nicht, daß er Jakob heißt, ist das nicht auch ein jüdischer Name; und Ida lächelt und meint nur: lieb, gell?

***

Hannes also sieht Leute aus dem feuchten Wald treten, sieht sie sich herausschälen aus der Ansammlung von Baumstämmen und dem Dampf dazwischen, Körper formen sich, Männer und Frauen, Gesichter, noch auswechselbar, nur blasse Flächen, die alle zur Hütte gerichtet sind und die sich alle gleichen. Im Näherkommen erkennt der Alte schließlich den Bürgermeister, diesmal ohne Begleitung des Regierungsvertreters, aber gefolgt von sieben, acht Gendarmen; hinter ihnen Leute aus dem Ort, die in einiger Entfernung stehenbleiben, noch im Schatten der Bäume; als wollten sie unerkannt bleiben, denkt Hannes und dreht sich weg und sieht nun Jonas und dem Buckligen entgegen, die hinter der Hütte hervorkommen: alles in Ordnung, sie sind in Sicherheit, flüstert der Junge.

Hinter sich hört er jemanden am Tor rütteln und eine Stimme rufen: aufmachen – öffnen Sie das Tor! Jonas grinst; die stehen auf der Leitung!, da haben die anderen schon das nur angelehnte Tor aufgerissen, gehen nun, fast schon rennend und dicht an dicht, auf die drei Männer zu, an ihnen vorbei, der Bürgermeister wedelt im Gehen mit einem Stück Papier: der Hausdurchsuchungsbefehl, dies ist eine Amtshandlung!, dann hört Hannes die Dicke zetern: noch nicht einmal anklopfen können Sie, so etwas gehört sich nicht, einfach hier hereinzustürzen, dies ist ein ehrbares Haus, putzen Sie sich gefälligst die Schuhe auf der Matte ab!

Hannes geht vom Zaun zur Hütte,er setzt sich auf die Bank und lehnt den Kopf ans sonnenwarme Holz, warmes Holz auch im Rücken, wo der Schmerz seit Stunden, nur sachte noch, rumort, seine Fangarme in Muskeln auszusenden versucht, die sich ihm entziehen und nun auf andere Aufgaben vorzubereiten scheinen; nicht mehr nur Holzhacken und Schleppen, denkt der Alte und spürt das kaum merkliche Näherrücken des Jungen und des Buckligen an seinen Seiten.

So, in Schweigen versunken, horchen sie auf die Leute in der Hütte: wo denn noch, kreischt die Dicke, im Keller etwa, alles voll mit Vorräten, bis auf den letzten Platz, oder auf dem Dachboden, nichts als altes Zeug, nur Mäuse und Spinnweben und was-sonst-noch dort, zum Gruseln, da könnte es kein Mensch auch nur eine halbe Stunde aushalten, so etwas würde ich niemandem zumuten, schon gar nicht einem Flüchtling! Türen werden geöffnet und zugeknallt, schwere Schuhe trampeln über Holzdielen und die Treppe; und dieser Dreck, wettert Ida, gerade vorhin alles saubergemacht, nun kann ich schon wieder damit anfangen! Schließlich kommen die Männer aus der Hütte, stehen mit zusammengekniffenen Augen in der Sonne; nichts, kein Hinweis auf die Anwesenheit vieler Menschen in diesem Haus, wiederholt einer der Gendarmen, an den Bürgermeister gewandt, niemand in der Hütte, außer den beiden Frauen und den drei Männern, Sie haben sich ja selbst davon überzeugen können. Sie waren hier, sagt der Bürgermeister kalt; ich weiß, daß sie hier waren, daß sie immer noch hier sind. Er wendet sich an die Männer auf der Bank; Hannes erwidert seinen zornigen Blick ruhig: es sind keine Flüchtlinge im Haus. Unentschlossen stehen die Gendarmen und der Bürgermeister herum: wir sollten gehen, es hat jetzt eh keinen Sinn mehr, hier noch herumzustehen, sagt einer ungeduldig. Der Mann im Anzug tritt dicht an den Alten, knurrt: wir werden wiederkommen, jeden Tag, wenns sein muß, und irgendwann werden wir sie haben und das tun, was in der Anordnung steht, was das Gesetz uns vorschreibt, nämlich sie über die Grenze zurückschicken, dorthin, woher sie gekommen sind, illegal. Er baut sich vor den Männern auf der Bank auf, die Arme vor der Brust verschränkt: wir werden sie alle erwischen, sagt er drohend, und euch dazu!

Und dann gehen sie, im Gänsemarsch, ohne sich noch einmal umzudrehen, gehen durchs Tor und den schmalen Weg entlang, der bald im Wald mündet und wo die in der nachmittäglichen Sonne dampfende Feuchtigkeit noch immer die Konturen verwischt; auch die anderen Leute, die sich auf dem Weg zusammengerottet haben, ziehen sich zurück in den Schatten der Bäume. Von irgendwo sind schließlich die Geräusche startender Autos zu hören, die erregten Stimmen haben sich verflüchtigt.

Die Schwestern kommen aus dem Haus, die Dicke mit geröteten Wangen: denen hab ichs aber gegeben, die kommen nicht so schnell wieder! Marga schweigend, die Lippen fest zusammengekniffen; sie atmet schwer, streicht sich nervös übers Haar, über die Schürze, wieder und wieder. Wortlos rücken die Männer beiseite, um den Frauen Platz auf der Bank zu machen; hoffentlich hat das Gewitter sie nicht zu sehr erschreckt, meint Ida und breitet sorgsam die Röcke um sich aus, und dann diese Nässe und diese Dunkelheit dort, ich weiß nicht. Der Stollen ist so gut wie trocken, sagt der Bucklige, und für Licht ist gesorgt, ich selbst habe dort schon eine Weile gelebt, bevor ich in die Hütte gezogen bin. Jonas aber dreht sich grinsend zu ihnen um: frühmorgens rein in den Stollen, spätabends wieder raus, auf allen Vieren durch den Wald, hui, unter den Farnwedeln entlang, durch Brombeer und Brennessel. Tollwood – Festival, ich habs doch gesagt! Mit theatralischer Geste steht er auf, verbeugt sich vor den anderen: meinen Respekt. Die Dicke lacht gutgelaunt: Quatschkopf! was heißt das überhaupt, Tollwood – Festival!, und Jonas malt mit einem Stöckchen Kringel in den Erdboden zu seinen Füßen: Aufstand der Alten, Rebellion der Behinderten, Aufmüpfen der Schwachen, Demo der Unbelehrbaren; und Ida, die Augen weit aufgerissen, stößt den Ellenbogen in die Flanke des Buckligen neben sich und fragt provozierend: und warum das alles, ha? Der Junge verzieht den Mund: klar doch, um etwas ins Wanken zu bringen, um an dem, was andere Leute für Gewissen, für Gesetz und Recht halten, zu rütteln. Genau, genau! grummelt Ida und schüttelt sich vor verhaltenem Lachen; und das in unserem Alter, sagt sie zur Schwester, wer hätte das von uns gedacht, daß wir uns noch einmal aufraffen und auf die Hinterbeine stellen, wir Alten, wir Geister, schon jenseits von Gut und Böse, das haben wir jedenfalls gedacht! Marga aber ringt die Hände im Schoß: wenn das man gutgeht!

***

Hannes bewegt vorsichtig den nun wieder leicht schmerzenden Kopf: Schluß mit dem Geplapper, wir haben andere Dinge zu tun!; und Ida hört auf zu lachen und hört dem Bruder zu; sobald es dunkel genug ist, holen wir sie, sagt er und betrachtet prüfend den Himmel, in kleinen Gruppen, nicht alle auf einmal und durchs Gestrüpp, wie Jonas das gesagt hat; wir gehen – er deutet auf den Buckligen, auf den Jungen und sich selbst – ihr Frauen bleibt vor dem Haus und paßt auf. Die Dicke nickt begeistert; Marga jedoch wischt und wischt über die Schürze: wir werden Schwierigkeiten bekommen, sagt sie mit belegter Stimme, ich glaub nicht, daß die da so schnell verschwinden; sie deutet mit dem Finger zum Waldrand, nun sehen auch die anderen: mehrere der Leute sind zurückgekehrt, dort hocken oder stehen sie, das Haus beobachtend, miteinander redend, schweigend. Fast körperlich spürt der Alte den Schwall ihrer Gefühle, eine Mischung aus Neugier, Feindseligkeit und Ungeduld, die sich plötzlich um seinen Kopf legt wie ein festes, enges Band.

Jakob kramt in seinem schmuddeligen Beutel, in dem er alles mögliche mit sich herumträgt, Werkzeug, Geräte für die Ziegen und anderes, und holt ein Fernglas heraus: hier! Hannes hat Mühe, die Schärfe einzustellen, zuerst verschwimmt alles, dann wird das Drahtgitter des Zauns überdeutlich, ein flechtenüberzogener Ast schiebt sich dazwischen, das zarte Blau einer Wiesenglockenblume. Endlich zeichnet sich die Menschengruppe unter den Bäumen aus dem Verschwommenen vor seinen Augen klar ab; er sieht Gesichter, erkennt einen der Männer wieder; einer von denen, die im Rathaus waren, wendet er sich an Jonas, dann sieht er auch die Frau unter ihnen. Unsere Sennerin, sagt er laut und legt das Fernglas auf den Tisch, seine Hand beginnt plötzlich zu zittern. Marga will nach dem Glas greifen, Ida stößt die Schwester beiseite: ich zuerst!

Hannes aber starrt auf seine zitternde Hand; der Schmerz in Nacken und Rücken packt nun doch wieder zu, zum ersten

Mal seit Stunden oder Tagen, Hannes weiß es nicht mehr, unerbittlich breitet dieser Schmerz sich aus, schickt Lähmung in alle Glieder; fast schon vergessen, wie groß dieser Schmerz sein kann, denkt der Alte und stützt den Kopf in die Hände, vergessen, vor einer Ewigkeit, vielleicht auch erst gestern. Eine merkwürdige Frau, hört er den Buckligen neben sich sonderbar deutlich sagen, Worte, die sich in seinem Kopf festsetzen: eine harte, in ihrem Haß unerbittliche Frau, eine von denen, die an der Vergangenheit hängen, die es nicht verstehen können, daß die Zeit eine andere geworden ist, nach dem Krieg, und daß Menschen verzeihen können. Und: wir haben sie gemocht, sagt Marga mit hörbarer Ratlosigkeit in der Stimme, wir sind immer gut mit ihr ausgekommen, was will sie jetzt von uns, wir haben ihr doch nichts getan.

Ida, das Fernglas noch immer an ihre Augen gedrückt, schnalzt mit der Zunge: ich habs gewußt, daß sie uns nicht leiden kann, alles Schau und Heuchelei, und wir haben genug Geld bei ihr gelassen, immer großzügig, immer mehr gegeben als notwendig war, immer aufgerundet. Und dann dieses scheinheilige – und sie imitiert die Stimme der Sennerin –: ach – dankeschön, das ist doch nicht nötig, ihr seid immer so nett zu mir, einer einfachen Frau, und ihr so gebildet, Lehrer! – fährt dann mit normaler Stimme fort: eine miese Gurke ist das, als wollten wir ihr etwas wegnehmen, nur weil wir nicht von hier sind; und brüllt plötzlich los: nur neidisch auf uns, weil wir unsere Pension haben und leben können, wie und wo wir wollen! Warum schreist du so! sagt Marga erschrocken und hält sich beide Ohren zu; wenn die dich nun hören, du machst alles nur noch schlimmer als es eh schon ist! Ida aber schnauft vor Wut: die sollen mich ja hören!

Nun schauen sie alle, die Augen zu Schlitzen zusammengekniffen, die schrägstehende Sonne blendet, schauen also zu den Leuten am Waldrand, die haben sich dicht an dicht gereiht, die Gesichter zu ihnen gewandt; eine Mauer, denkt Hannes beunruhigt, und: wie sollen wir nur unsere Leute wieder ins Haus kriegen, wenn die da rumstehen, möglicherweise auch über Nacht? sorgt sich die Dicke, jetzt im normalen Tonfall. Jakob, neben ihr, legt ihr die Hand auf den Schenkel: die Nacht wird stockdunkel, ich spürs, dann ist es kein Problem für uns, die Leute unbemerkt ins Haus zu bringen, sie wissen Bescheid.

***

Und während der Tag vergeht, langsam und schön in der unendlichen Weite des Himmels über den Bergen, sitzen sie und schweigen, die Gesichter von Ratlosigkeit, Sorge und Mitgefühl für die Männer, Frauen und Kinder in einem alten, längst verschütteten Bergwerk überschattet; diese Dunkelheit, und der ächzende Berg über ihnen, ich könnte das nicht aushalten, nicht einen Augenblick, murmelt die Dicke vor sich hin, ich würde sterben vor Grausen. Sie faltet die Hände im Schoß und redet vor sich hin: lieber Gott, lieber Gott, ach du lieber Gott. Und als die Gruppe der Leute jenseits des Zauns nur noch als verschwommener, dunkler Haufen erkennbar ist, fangen auch die anderen an, über dies und das zu flüstern; es gibt noch einen anderen Weg, sagt der Bucklige, einen anderen Stollen, wir müßten nochmals graben, der Ausgang verschüttet, Gestrüpp drüber, ich kenne mich aus. Von dort aus könnte ich sie woanders hinbringen, sagt er. Aber wohin? fragt Hannes und stützt den Kopf in beide Hände. Vielleicht direkt in die Landeshauptstadt, schlägt Jakob vor; und: Quatsch, fällt ihm die Dicke ins Wort, wir hatten schon so einen Vertreter von denen da oben hier, und er war ebenso unfähig wie die anderen, auch nur ein vernünftiges Wort mit uns zu reden. Warum dann nicht gleich in die Bundeshauptstadt, meint Jonas grinsend, dort könnten wir Tacheles mit den Obersten reden.

Niemand antwortet; wie sicher ist der zweite Stollen, will Hannes schließlich wissen; sicher genug, erwidert der Bucklige, wenn wir vorsichtig sind und genügend Lampen und Schaufeln mitnehmen, der Ausgang liegt weit unterhalb des Platzes, wo die Leute jetzt sind, aber wir könnten von dort ungesehen den Ort umgehen, nur Felder und Wald dort; und, fügt er hinzu, die Bahnstrecke.

Ablenkungsmanöver, das gefällt mir! sagt Jonas, grinsend wie immer, seine gebleckten Zähne schimmern in der Dämmerung, die rasch aus dem Tal hochsteigt; wir könnten ja auch ein Stück Wald anzünden, weiter unten am Weg, der Wald ist trocken, der brennt wie Zunder, das wird sie beschäftigen. Tollwood, grinst nun auch die Dicke, ich weiß. Nur Marga schweigt und schweigt, sie bewegt ununterbrochen die Hände im Schoß, das Gesicht erbleicht, die Augen nun fest geschlossen. Da erhebt sich die Dicke, sie stößt die Schwester an: schlaf nicht ein, du siehst ja aus wie gestorben, erheb dich, wir sollten den Tisch richten, solange die Männer noch hier sind, damit die anderen da nichts merken, auch die Betten müssen wir machen, sie werden hungrig und müde sein, wenn sie kommen, vor allem die Kinder, denk an die Kinder!

Wir sind verrückt, alle total verrückt, sagt Hannes. Jonas aber legt seine Hand auf den Arm des Alten, blickt ihm prüfend ins Gesicht: wir schaffen es, Alterchen, wir werden sie aus diesem Scheißberg holen, das verspreche ich, nur nicht verzagen, wir sind doch schon kurz vor dem Ziel.

Welches Ziel, will Hannes fragen, was erreichen wir, wenn wir, für eine Weile, vielleicht, verhindern, daß diese Menschen zurückgeschickt werden, daß wir ihnen die Illusion vorgaukeln, bei uns in Sicherheit zu sein? und: was wird morgen sein? geht ihm durch den Kopf; verzagt fragt er sich: werden sie im Morgengrauen wieder verschwinden und sich in einem Erdloch verkriechen müssen, wie Tiere, weil wir im Endeffekt nichts verhindern, nichts bewirken können? Plötzlich erscheint ihm der Plan, den er und die anderen ausgeheckt haben, lächerlich: wir spielen hier doch nicht Indianer oder Räuber und Gendarm! Schon allein die Vorstellung, mit einer Gruppe völlig verschreckter Menschen in einen Zug zu steigen und damit bis in die Bundeshauptstadt zu fahren und ins Kanzleramt oder wohin-auch-immer vorzudringen, erscheint ihm nun völlig unsinnig: kindisch!

Und plötzlich ziehen in erschreckenden Bildern andere Möglichkeiten vor seinen Augen vorbei: hier durchs Gebüsch heranstürmende Gendarmen, Handschellen und anderes schwenkend, dort die kleine Gruppe von Menschen, deren Angst und Hoffnungslosigkeit sie winzig erscheinen läßt, und dazwischen er, Hannes, inmitten der anderen, die mutig eine Mauer bilden wollen, mit vorgestreckten Fäusten, und die doch von den Gendarmen überrannt werden, erdrückt werden von dieser Macht, in den Boden gerammt. Sind wir fähig dazu, tatsächlich etwas zu bewirken? will Hannes den Jungen fragen, doch der wirkt nach wie vor zuversichtlich, unternehmungslustig; Jonas schaut ihm fröhlich ins Gesicht: wir schaffen es, nur keine Bange, es sind schon ganz andere Probleme gelöst worden!

Der Alte aber spürt den Druck längst erfahrenen eigenen Versagens im Kopf; in die Bildfolge vor seinen Augen drängt sich das brennende Haus, ein Gesicht in einem verkohlenden Fensterrahmen nähert sich – der Alte hämmert den Schädel gegen die Hüttenwand: schul – dig, schul – dig!, während die Frauen erschrocken aufschreien: was machst du da, Hannes, was ist mit dir! und die beiden anderen Männer ihn festzuhalten versuchen, doch er hämmert den Schädel weiter gegen die Hüttenwand: schul – dig, schul – dig! bis er erschöpft, ausgeleert innehält und sich nur noch an dieses schwach flackernde Fünkchen in seinem Innern klammert: vielleicht, hoffentlich! eine Möglichkeit, Schuld zu verringern, Verzeihung erbitten zu können, Ruhe zu finden.

Mit schmerzendem Kopf dreht er sich zu Jonas um: ich hoffe, du hast recht, mein Junge; und Jonas sagt leise: ich glaub an dich, du bist für mich der erste deiner Generation, der wirklich was unternimmt.

Dann steht er auf, der Alte sieht ihn hinter dem Haus verschwinden, dort haben er und der Bucklige im Morgengrauen eine Lücke in den Zaun geschnitten, dahinter rückt der Wald eng ans Haus, der Boden bedeckt mit wucherndem, oft dornigem Gestrüpp, mit hohem Farn dazwischen, weglos. Am

Morgen sind Mira und die anderen durch die Lücke im Zaun nach draußen gekrochen, auf allen Vieren und einer hinter dem anderen, auf Knien und Füßen haben sie sich durch den Zaun gezwängt und sind dann eilig im Wald verschwunden, überraschend winzig die Kinder, überraschend durchsichtig die Männer und Frauen zwischen den fast mannshohen Farnwedeln, eiligst zusammengeschnürte Bündel auf Schultern und Rükken; ohne sich noch einmal umzusehen, denkt Hannes jetzt, für Augenblicke auf sonderbare Weise beunruhigt; aber warum auch, sagt er sich dann, sie gingen im Bewußtsein, daß sie wiederkommen werden.

Er sieht die ihm noch beim raschen Frühstück zugewandten, zuversichtlichen Gesichter der Männer und Frauen vor sich, die vom entspannten Schlaf noch lastlose Kinderkörper an sich drückten, als er ihnen, nach einer schlaflosen Nacht in seiner engen Kammer und nach langen Überlegungen zusammen mit Jonas und dem Buckligen, von dem einstigen Bergwerk erzählte und von den vergessenen, zum Teil schon eingefallenen Stollen, wissend, daß sie nur Bruchstücke seiner Erklärung verstanden, daß sie einfach nur aufmerksam und hoffnungsvoll nach Ruhe und Gewißheit in seiner Stimme forschten.

Wieder kriechen nun Zweifel und Mutlosigkeit in ihm hoch, macht sich die altgewohnte Bereitschaft breit, sich dem, was ist, zu ergeben, zunächst die eigene Haut in Sicherheit zu bringen und abzuwarten, was passiert. Was habe ich mit diesen Menschen zu tun? fragt er, plötzlich jeden anderen Gedanken, vor allem den an den Jungen, verdrängend, laßt mich doch, um Himmelswillen, endlich in Ruhe!

Da taucht Jonas aus der Dunkelheit vor ihm auf, eine Schaufel geschultert: wo sind die Taschenlampen? fragt er leise und wippt auf den Zehenspitzen unternehmungslustig hin und her, das gewohnte Grinsen im Gesicht.

Hannes schiebt die Schultern nach hinten. Er ignoriert den hochschießenden Schmerz in Knochen und Muskeln: ich komme. Ja, ich komme.

IX

Schlaflos auch diese Nacht; und wie in anderen Nächten hat der Mann die Augen geschlossen, liegt bewegungslos, die Arme fest an die Seiten gepreßt. Hinter den Lidern bewegt sich die Zeit in Sprüngen, staut sich, kommt fast zum Stillstand, rast weiter. Sich überlagernde Bilder und Geräusche, doch andere und anders als in anderen Nächten: der lautlose Zug der Menschen über den Paß, ihre Gestalten sind Schemen, wie ein Bär, eine Herde ausgebrochener Rinder. Blässe im Gesicht einer Kindfrau, die brüchige Stimme: Mira; lautloser, selbstverlorener Tanz zu unhörbarer Musik. Das leise Weinen eines Kindes in einer maroden Baracke, das vorsichtige Lächeln verhärmter Frauen, und Ida breitet ihre voluminösen Arme aus: eßt, es ist genug da!, und in Margas Gesicht das Überströmen von Gefühlen. Dann die Schatten, die sich im Morgengrauen aus der Hütte stehlen, und die laute Stimme des Bürgermeisters: eine Amtshandlung. Alterchen, sagt der Junge und legt Hannes beruhigend die Hand auf den Arm, nicht aufgeben, du weißt: Tollwood-Festival, es muß ein Zeichen gesetzt werden. Der verunstaltete und doch so stark wirkende Körper des Buckligen taucht vor ihm auf, das nachdenkliche Gesicht über dem verkürzten Hals: der Berg, durchlöchert wie ein Käse, man müßte graben, Höhlen, man könnte es eine Zeitlang darin aushalten, wenn man will. Und Marga preßt die Hände in den Schoß: was soll nur aus uns werden, was wird nur werden. Und aus dem Dunkel vor den Augen des Alten tauchen Menschen mit erkalteten Gesichtern auf, erkaltet in der feuchten Finsternis einer fast zur Gänze eingestürzten Stollenlandschaft im Berg, die Gedanken erdrückt vom Stöhnen und Ächzen im Fels; verstummt auch die Kinder, in deren Augen sich alle Hoffnungslosigkeit dieser Welt zu sammeln scheint und vor denen Hannes sich abwenden muß.

Die Uhr auf dem Nachtkasten neben dem Bett hat Leuchtziffern; es ist die dritte Stunde nach Mitternacht, die stillste Stunde einer Nacht, denkt er, die Stunde, in der auch die Eulen nicht jagen, der Marder im Gebüsch verharrt und das Rehwild auf den Lichtungen steht, ohne Angst nun und in anderen Nächten übergossen vom Mondlicht; die Stunde, in der jede Stimme, jedes Geräusch verlorengeht in dieser Stille. Wolkenlos, wie so oft in diesem Sommer, der Himmel, und die Sterne der Erde nahgerückt, füllen das schmale Fensterrechteck. Die stillste Stunde; und Hannes erinnert sich an Nietzsches Gleichnisreden, die ihn als Studenten faszinierten und die er später vergaß: *gestern gegen Abend sprach zu mir meine stillste Stunde; das ist der Name meiner furchtbaren Herrin, berichtet Zarathustra, der Sinnsucher aus den Bergen, seinen Freunden im Tal: gestern, zur stillsten Stunde, ... wich mir der Boden: der Traum begann.*

Aber welcher Traum, versucht Hannes sich zu erinnern; Satzfragmente bewegen sich durch seinen Kopf: Du willst nicht – was liegt an dir – nicht demütig genug – ich will nicht – und schließlich ganze Sätze: das ist dein Unverzeihlichstes: du hast die Macht, und du willst nicht herrschen – auch: so mußt du wieder in die Einsamkeit: denn du sollst noch mürbe werden.

Unruhig, grübelnd dreht sich Hannes auf seinem Lager auf die andere Seite; unter dem Gewicht des Mannes quietschen die Federn im Matratzenrahmen, eine Diele knarrt, als er den Fuß daraufsetzt; nun zerstören auch andere Geräusche die nächtliche Stille; was ist, was ist, ist was? hört er die Stimmen der Schwestern im Nebenraum, woanders atmen Menschen plötzlich tief und schwer, als hätten auch sie lange den Atem angehalten.

***

Und dann rückt ein anderer Ton näher, ein bedrohlich zusammengepreßtes Geräusch; der Alte geht ans Fenster und sieht Leute, die sich am Zaun versammelt haben, eine schwärzliche, fast bewegungslose Masse, in deren Mitte schwaches Licht aufflackert. Das große Vorhängschloß am Tor wird hin-

und herbewegt, Hannes erkennt das am leisen Ton, mit dem sich der Rost am Bügel in den Halterungen löst, er selbst hat das Schloß auf diese Art überprüft, wieder und wieder; es ist ein gutes Schloß, denkt er jetzt und weiß doch, daß es nicht Sicherheit bedeutet, nur die Möglichkeit, vielleicht, etwas hinauszuzögern, auf kurze, kurze Zeit.

Der Zaun, sagt Jonas neben ihm, auch er aufgestanden, leichtfüßig und lautlos ist er über die Zimmerdielen gegangen, steht nun dicht neben dem Alten: sie werden einfach über den Zaun kommen, oder ihn niederreißen, wir können das nicht verhindern. Ich weiß, sagt Hannes und geht ruhig aus dem Zimmer, aus dem Dunkel im Flur formt sich die Gestalt des Buckligen, er schlief dort auf einer alten Matratze; was ist, sind sie da? will die Dicke wissen, ihr wuchtiger Körper, zeltartig in dem wallenden Nachtkleid, füllt den Türrahmen, und: sie sind noch am Zaun, antwortet der Alte leise und tastet sich, gefolgt von Jakob, durch die dichter werdende Dunkelheit die schmale Holztreppe hinunter ins Erdgeschoß, wo er und der Junge vor Stunden die schwere Truhe vor die Türe gerückt und die Fensterläden fest verschlossen haben und damit jeden Blick von draußen auf das, was im Haus passiert, aber auch alles Licht aussperrten, das der nächtliche Himmel aussendet. Jetzt, kaum hörbar zunächst, dann lauter, sind Geräusche zu vernehmen, verständlich nun schon einzelne Worte: verrammelt – wird ihnen nichts nützen – rausholen – kaputthauen – erledigen – die Axt – Zündhölzer.

Feuer, sagt jemand, laut und deutlich. Anstecken, abbrennen, alles. Alle. Gelächter ist zu hören; wahrscheinlich betrunken, flüstert Jonas, unkenntlich in der Dunkelheit; stockbesoffen, sonst hätten sie keinen Mut.

Jakob hat eine Kerze auf dem großen Tisch in der Wohnküche angezündet; von oben sind die Schwestern gekommen, nah zusammengerückt stehen sie und die drei Männer mitten im Raum, die Köpfe leicht vorgeneigt im Bemühen, das Tasten, Rütteln und Umherhuschen draußen zu orten, Worte zu verstehen. Jetzt sind sie hinter dem Haus, murmelt Ida ins Ohr der

Schwester, die Türe, doppelt verriegelt, und draußen gleich das Gebüsch, keine Angst. Wir sollten, sagt der Alte, und Jonas sagt: ja, ich hole sie; er löst sich aus der Wärme der anderen Körper, er huscht die Treppe hinauf, Türen werden leise geöffnet, Stimmengemurmel und das Rascheln von Stoff, vermischt mit den Bewegungen müder und doch so angespannter Körper, werden hörbar. Der Geruch nach Furcht dringt plötzlich in jeden Teil der Hütte; mit ihm kommen die Männer, Frauen und Kinder aus den oberen Räumen über die Treppe nach unten, gefolgt von Jonas, sie drängeln sich in einer Ecke zusammen, dort stehen sie, an die Wand gerückt, mit hängenden Armen, stumm, die Kinder an sich gepreßt; Menschen, zusammengehörend, wie ein Körper, mit Armen und Beinen, denkt der Alte mitleidig, der ihnen zusieht, ihre blassen Gesichter über dunkler Kleidung erkennt, darin die Augen mit dem Ausdruck stummer Schicksalsergebenheit, der ihm so bekannt ist, so lange schon. Für einen kurzen Augenblick weiß er nicht, woher, bis ihm Bilder aus alten Zeitungen, in Büchern und Filmen einfallen, aus einer Zeit, da eine Frau ihn, den Jungen, noch nicht einmal zwölf Jahre alt, vom Fenster wegzog, an dem Kolonnen von Menschen vorbeizogen, mit weißen Schildern auf der Brust und gelben Sternen, einige von ihnen blickten zu dem Jungen am Fenster eines Hauses auf, dann zog und zerrte die Frau an ihm: komm da weg, das ist nichts für dich! und er fragte: was machen die da, was passiert mit all den Menschen, sind das Juden? und: das wird schon seine Richtigkeit haben, sagte sie; und wenn nicht, fragte der Junge, und die Frau, ärgerlich, dem Jungen mit den Fäusten gegen Schultern und Brust boxend, sagte: das können wir nicht ändern, kümmere dich nicht darum! und schlug ihm, weil er nicht vom Fenster weggehen wollte, mit dem Handrücken über den Mund, schlug gezielt und hart, er spürte die Knochen, jeden einzelnen Knochen spürte er und schmeckte das Blut, das aus der aufgeschlagenen Lippe rann, während vom Bahnhof nahe des Hauses dröhnender Aufschlag von Metall auf Metall zu hören war, bevor die Lokomotive sich mit mahlendem Ton ihrer Räder in

Gang setzte, Waggon um Waggon hinter sich herziehend. An einer der vergitterten Öffnungen konnte der Junge ein Gesicht sehen, und der Ausdruck verzweifelten Aufgebens fraß sich in ihm fest; für immer und ewig wird er mich verfolgen; weil ich die Kraft habe, etwas zu verändern, denkt er, in plötzlicher Erkenntnis, aber sie, diese Macht nicht einsetze! Er hat sie nicht eingesetzt, als er sich in der Nähe eines glühenden Hauses wiederfindet, dessen Flammen er in seinem Innern zu spüren meint, als er zusieht, wie Menschen vor dem Prasseln und Lodern zu flüchten, den Flammen zu entkommen versuchen; da sah er diese Schicksalsergebenheit in ihren Augen, er sah sie in den Augen eines anderen Gesichts, umgeben von einem mit Lodern ausgefüllten Fensterrahmen, und: nichts unternommen, nicht eingegriffen, nichts bewegt, stöhnt der Alte auf, und diese Bilder verfolgen mich, Nacht um Nacht, seit Jahren, seit Jahrhunderten schon, sie füllen m e i n e stillste Stunde, dies ist auch m e i n e furchtbarste Herrin, sie wird auch m i c h in die Einsamkeit zurückschicken, damit ich mürbe werde!

Verzweifelt, erfüllt von tiefer Ratlosigkeit, blickt er sich um: aber was, was! habe ich zu tun?

Und plötzlich sind wieder die Worte Zarathustras, die ihn einst beeindruckt hatten, in seinen Gedanken: *was geschah mir, meine Freunde? Ihr seht mich verstört, fortgetrieben, unwillig-folgsam, bereit zu gehen ... der Zeiger rückte, die Uhr meines Lebens holte Atem – nie hörte ich solche Stille um mich: also daß mein Herz erschrak ... es ist über meine Kraft ... du verlerntest den Weg, nun verlernst du auch das Gehen.* Und wie der Sinnsucher aus den Bergen vermeint Hannes in seinem Kopf eine Stimme zu hören: *die stillsten Worte sind es, welche den Sturm bringen. Gedanken, die mit Taubenfüßen kommen, lenken die Welt.* Der Alte blickt in die ihm zugewandten Gesichter der Menschen um sich herum: *ach, meine Freunde, ich hätte euch noch etwas zu sagen, ich hätte euch noch etwas zu geben – warum gebe ich es nicht, bin ich denn geizig?*
Da richtet er den gekrümmten Rücken gerade, zieht die Schultern gegen den Schmerz nach hinten: Ich weiß.

***

Ein gutes Dutzend, da draußen, sagt Jonas laut und besorgt; mehr, als ich dachte. Hannes aber zieht den Jungen und den Buckligen mit sich in Richtung Haustüre: ich werde mit ihnen reden, ich muß das wenigstens noch einmal versuchen, helft! Sie schauen in sein wie aus grauem Gestein gemeißeltes Gesicht, dann zerren sie gemeinsam an der schweren, mit Metallbeschlägen versehenen Truhe, in der die Schwestern Leinenzeug und anderes aufbewahren; alles alter Plunder, erklärt der Alte krächzend, froh, über irgendetwas reden zu können; nur nicht überlegen, denkt er, spontan mit ihnen reden, an ihre Vernunft appellieren, vorsichtig sein!, und sagt laut: sie geben nichts her, sie horten alles, diese alten Krähen. Dann dreht er den Schlüssel im Schloß, während im Hintergrund die beiden Frauen zu zetern und zu lamentieren beginnen: was tust du, bist du wahnsinnig! schreit Marga hysterisch los, sie werden dich umbringen, hast du noch nicht genug, von der Schlägerei, und was sollen w i r d a n n tun, wenn dir etwas passiert, um Himmelswillen! und: wartet, ich komme! brüllt die Dicke, stößt die heulende Schwester hart zur Seite und durchquert die Wohnküche mit großen Schritten.

Hannes dreht sich zu ihnen um, die plötzlichen Bewegungen im Raum haben die Kerze auf dem Tisch in der Wohnküche fast zum Erlöschen gebracht; kurzentschlossen dreht er am Lichtschalter: so, und nun seid endlich ruhig, Teufel-nochmal, und schließt die Küchentür hinter uns! Ida, schon neben ihm im Flur, schnappt nach Luft, hält den Atem an, Marga, bei den anderen in der Ecke des Raums, preßt sich die Hand auf den Mund, dann geht sie auf Zehenspitzen zur Türe und schließt sie, unterbricht damit auch das seufzende Atmen der Leute im Hintergrund.

In der plötzlichen Stille im Hausflur werden die Geräusche vor dem Haus nun deutlicher; unter derben Schuhen zerbröseln kleine Zweige, spritzen winzige Steine zur Seite, Hände gleiten über Holz und an die Wand gelehnte Gegenstände, sind überall.

Der Alte, an der Türe, versucht, die schwere Kette zu lösen, sie klemmt; eingerostet, die Feuchtigkeit hier läßt alles schnell rosten, die Frauen lassen immer alles auf, vom frühen Morgen an, sperrangelweit, erklärt er leise dem Jungen und dem anderen Mann neben sich. Draußen hämmert jemand dröhnend ans Holz, andere versuchen, die Befestigung der Fensterläden mit schweren Schlägen zu lockern; Flüche und Lachen sind zu hören, die Stimmen von Männern, darunter die einer Frau; unsere Sennerin, knurrt die Dicke wütend, ich habs doch gewußt, die läßt sich nichts entgehen, Miststück, elendiges, Sauhaufen, verdammter. Und als Hannes endlich, endlich! die Kette gelöst hat und die Türe weit aufstößt, daß sie in den Angeln quietscht, als er in der fahlen Helligkeit von einigen Sternen schemenhafte Gestalten weglaufen und ins Walddunkel tauchen sieht und das aufgesprengte Torschloß am Zaun schaukelt, da drängelt sich Ida mit rudernden Armbewegungen an ihm vorbei ins Freie: na wartet, euch werd ichs zeigen! ihr werdet schon noch merken, daß mit mir nicht gut Kirschen essen ist! Wo seid ihr denn, ihr Feiglinge! Wütend marschiert sie am Zaun entlang, doch da ist niemand, nicht vor dem Haus, nicht hinten am Zaun, nicht auf dem Weg, nicht im Schuppen, nicht hinter dem Holzstapel, nicht unter der Bank versteckt, nicht in die Äste der Fichten und Lärchen gestiegen; verschwunden, meint Ida entrüstet, abgehauen; feiges Pack! brüllt sie in die Nacht.

Sie dreht sich um, will ins Haus und zu den anderen Leuten gehen, da sieht sie den Bruder, er ist über die Wiese gegangen und hat das offene Zauntor geschlossen und kurz zum Waldrand hinübergesehen, sich dann umgedreht, den Oberkörper schon vorgeneigt, den einen Fuß bereits leicht angehoben, so steht er; erstarrt vor Schreck, wie Lots Weib! flüstert die Dicke und schlägt sich die Hände vor den Mund: was ist, Hannes, was ist nur passiert!

***

Hannes aber kann den Blick nicht vom Dach wenden, wo sich die alten Lärchenschindeln von innen zu röten scheinen, er hört ein Knistern, ein leises Krachen, es riecht plötzlich scharf nach verdorrten und in Brand geratenen Fichtennadeln, nach zu trockenem Holz, auf das die Sonne zu lange schien; im Sommer riecht es manchmal so, fällt ihm ein, im Wald, diese Hitze in diesem Sommer, und keine Abkühlung, seit Wochen nicht, ein bißchen Regen, der Wald kann wie Zunder brennen. Die Nacht wird nun zunehmend heller, auch das Sternenlicht erscheint rötlich gefärbt; als würde es ganz in der Nähe brennen, aber wo? fragt sich Hannes verwundert und sieht zum Wald: nichts, nirgendwo eine Flamme. Schlagartig wird ihm bewußt: das Haus, doch das Haus! Ich irre mich, um Gotteswillen, ich m u ß mich irren!

Als Ida auf ihn zugerannt kommt, als auch Jakob und Jonas von irgendwoher auftauchen, sind ihre Gesichter in flackernde Helligkeit getaucht; das Dach, schon lichterloh, keucht der Junge und rennt irgendwohin, während der Bucklige an seinem Ärmel zerrt: Eimer, eine Leiter, wir müssen oben beginnen!

Aber warum brennt u n s e r Haus, wendet sich der Alte verzweifelt an den anderen Mann. Jakob starrt ihm ins Gesicht, dann zuckt er kurz mit den Schultern: tu was, hol die Leute aus dem Haus! sagt er und ist schon wieder auf und davon, bevor Hannes Atem holen und weiterfragen kann, irgend etwas; verschwunden ist der Mann in all diesem Knistern und Krachen, in diesem Getöse und in all dieser Helligkeit und diesen spritzenden Funken, Hannes weiß nicht, wohin der andere ging; das Licht blendet ihn, die Hitze verbrennt ihm die Haut, er hält sich die Hand vor die Augen, bleibt stehen, im nachtfeuchten Gras, das seine Schuhe durchnäßt, und sieht doch, sieht! hinter geschlossenen Lidern die Dicke mit Jonas und Jakob herumrennen, eine Leiter wird an die Dachrinne gelehnt, Wasser glänzt auf, über den Rand von Eimern schwappend, und die geöffnet Haustüre neben der Leiter gleicht einem dunklen, einem gähnenden Schlund.

Da, endlich, endlich! löst sich die Erstarrung in seinen Gliedern, er geht, Fuß vor Fuß setzend, zum Haus, rennt auf einmal los, rennt durch den noch immer stockdunklen Flur, weiß für furchtbare Augenblicke nicht, welche Türe die richtige ist, reißt dann die Tür zur Wohnküche auf, dort verbreitet die Lampe über dem großen Tisch erstaunlich warmes, ruhiges Licht; Hannes sieht die gestickte Tischdecke an, darauf die kleine Vase mit den blaßblauen Glockenblumen, Marga hat sie vor Ewigkeiten gepflückt; die stehen unter Naturschutz, hat Ida gemurrt, und Marga sagte bloß: hier achtet eh niemand auf solche Sachen, was gehts mich an, die paar Blumen.

Nun starrt der Alte in das Gesicht der Schwester, die, mit weit aufgerissenen Augen und ausgebreiteten Armen, vor den in der Ecke zusammengedrängten Menschen steht und: ich dachte, sie kommen schon, sagt; und als sie in den Flur blickt, flüstert sie: nein, das kann nicht sein, sag, daß es nicht wahr ist! Hannes aber blickt nur kurz in die vor Angst marmornen Gesichter der Männer, Frauen und Kinder hinter Marga, während die Uhr seines Lebens Atem holt und er nach draußen horcht, wo Jonas und Jakob und die Dicke schreiend herumrennen und wo es nun lauter und lauter knistert und kracht, wo Fensterscheiben zerspringen, wo Wasser fast beiläufig plätschert; dann sagt Hannes, erfüllt von einer erstaunlichen Gewißheit der Endgültigkeit, die alles nichtig erscheinen laßt, die sich in rasender Eile ausbreitet in ihm und das Ende aller Tage, aller Zeiten ankündigt, und sagt: es brennt. Muß dann, weil der Druck in seinem Innern plötzlich explodiert, auf einmal losschreien: Marga, das Haus brennt!, völlig atemlos jetzt, die Stimme bricht ihm: was steht ihr hier noch rum! raus, schnell alles raus! Raus!

***

An ihm vorbei drängeln sich die Leiber, für Augenblicke umhüllt ihn die Woge kaltfeuchten, stummen Entsetzens, Gliedmaßen bohren sich in seinen Körper, dann sind die anderen im Flur, drängen zur Türe, stürmen ins Freie, mit ihnen die Welle der Furcht. Hannes, mitten im Raum, streckt die Hände aus, will die gewohnten Dinge berühren: das Tischtuch mit der bunten Stickerei, die winzige Vase mit der Schwere der Blütendolde, die Stuhllehne, das glatte Holz der Küchenanrichte, das er einst selbst poliert hat, bis seine Fingerkuppen bluteten und die Gelenke schmerzten. Er will die Hand auf die Wände legen, die so lange Sicherheit und Geborgensein bedeuteten, will, den Bruchteil einer Sekunde lang, nur kurz! ganz kurz! die eiserne Herdplatte berühren, die noch warm ist vom Feuer, das er vor Stunden, vielleicht, anzündete. Doch das alles weicht vor ihm zurück, entfernt sich vor seinen tastenden Händen, langsam, unaufhaltsam, verliert an Konturen und Farben, bis nur noch wabernde Schlieren die Schlucht vor seinen Augen durchziehen: *deine Früchte sind reif, doch du bist nicht reif für deine Früchte* – verfluchter Zarathustra!

Diese Schlieren reiben sich aneinander, erzeugen einen zitternden Ton, leise zuerst, dann nimmt er an Lautstärke zu, steigt aus der Tiefe, hämmernd jetzt, hell, heller, schrill; der Alte muß die Hände gegen die schmerzenden Ohren pressen, er möchte wieder den Kopf gegen eine Wand schlagen, immer und immer wieder, nun, um diesen grellen Ton zu mildern – nun formen sich aus diesem Ton Frauenstimmen, laute, entsetzte Schreie: Mira – das Mädchen – noch oben, da, am Fenster, um Gotteswillen! – holen – Hannes – auch noch im Haus!

Da bewegt sich der Alte, geht mit tastenden Schritten durch den knisternden Qualm, der von oben über die Treppe quillt, prallt irgendwo gegen einen anderen menschlichen Körper, Jakob oder der Junge: weg da, ich hole sie!, und setzt einen Fuß nach dem anderen auf die Stufen, zögert, wie gewohnt, bei der vorletzten, die, von unzähligen Füßen durchgetreten, ein wenig nachgibt, sich, fast seufzend, in der Mitte durchbiegt; ich muß sie endlich richten, geht es dem Alten durch den Kopf, ein neues Brett, Lärche, liegt hinter der Hütte, genug vorhanden; dann ist er im oberen Flur, alle Türen weit geöffnet, die Räume hell erleuchtet vom Feuer, Prasseln über ihm, wo die Dachbalken schon geborsten sind und krachend durch die Decke schlagen. Wie Zunder, das Haus, ausgetrocknet in mehr als zweihundert Jahren, kein Wunder, daß es nun lichterloh brennt, knurrt er.

In diesem Durcheinander von Funkensprühen und fallendem Feuer sieht Hannes das Mädchen; schattengleich huscht es von Zimmer zu Zimmer, rötliches Sternengefunkel im Gewand und in den Haaren, die Augen lichternde Feuer im todesbleichen Gesicht, so tanzt Mira, durch glühende Türrahmen, bewegt sich in zärtlich selbstvergessenem Wiegen vorbei an Fenstern und über verkohlende Dielen, vorbei auch an Hannes, der nach ihr greifen will und keinen Arm heben kann; als hingen Gewichte an meinen Händen, denkt er, verloren im verwunderten Staunen und Schauen, während die Hitze immer stärker wird, die Flammen nach seiner Kleidung fingern und sein Haar in den Wurzeln zu schmerzen beginnt. Erst, als dicht vor ihm ein zischendes Stück Holz von oben auf den Fußboden fällt, kann er die Arme heben und endlich, endlich! das Mädchen packen, das sich durch den dichten Qualm tanzend, mit ausgebreiteten Armen und zurückgelegtem Kopf, verloren lächelnd an ihm vorbeibewegt; eine Weile ringen sie miteinander, dann preßt er den glühenden Leib fest an sich, spürt, fast schmerzend, das kindhaft Sanfte, das Lebendige, Pulsierende dieses Körpers, einen kurzen, kurzen Augenblick lang, poltert dann, das Kind im Arm, über die ächzende Stiege, während sich ein Funkenregen über sie ergießt und vor und hinter und neben ihnen feurige Holzstücke prasselnd nach unten fallen.

Und dann ist jemand dicht vor ihm, das Kind wird ihm entrissen; raus, raus hier! hört Hannes die drängende Stimme des Buckligen rufen; der plötzliche Verlust des doch so leichten Gewichtes des Mädchenkörpers läßt den Alten wanken, er atmet schwer, der Qualm ist jetzt heiß und beißend.

Hannes versucht, sich mit den Händen an der Wand abzustützen, die Wand ist glühend, auf seiner Haut bilden sich sofort Blasen. Mit lautem Krachen stürzt direkt vor ihm ein

Balken von oben, ein Ende streift den Kopf des Alten, trifft mit voller Wucht Schultern und Hüfte, und als der Mann seitlich gegen eine Wand fällt, legt sich der Balken quer über beide Oberschenkel, brennt sich durch den Hosenstoff, läßt die Haut darunter aufglühen, aufquellen; Hannes riecht versengtes Haar, verbranntes Fleisch, ohne Schmerz zu empfinden, aber erfüllt von dem Wissen: das Ende, das also ist das Ende. Ist dies meine Einsamkeit? fragt er bang.

***

So, an die Wand gelehnt, körperlos schon, blickt er in Richtung Haustür, und als sich der Qualm für Augenblicke hebt, sieht er, dicht vor sich, den Jungen und den Buckligen, die vergeblich und mit bloßen Händen versuchen, den Balken von seinen Beinen wegzuzerren; wir schaffen das! kreischt Jonas, während Jakob sich schweigend, mit entschlossenem Gesicht, auf den schon brennenden Dielenboden legt und versucht, den Balken mit seiner Schulter anzuheben. Das wird nichts nützen, murmelt der Alte, plötzlich unendlich müde; still sieht er zu, als seine Freunde vor den Flammen zurückweichen müssen, hört die schluchzende Stimme des Jungen: nein!, warum, warum ausgerechnet du!, dann blickt Hannes, die Augen zum Schutz vor der sengenden Hitze zu schmalen Spalten geschlossen, an den beiden Männern vorbei nach draußen, Menschen stehen dort, alle dem Haus zugewandt, überdeutlich ihre ihm schon fremdgewordenen Gesichter in der Morgendämmerung, der Feuerschein zeichnet schwimmende Konturen in diese blassen Flächen, füllt offene Münder und Augenhöhlen und irrlichtert über zum Haus ausgestreckte, hilfslos hin und her wedelnde Arme und Hände.

Stimmen weben sich in die Geräusche des Feuers: Sie müssen das verstehen – wir leben in einer unruhigen Zeit – Bestimmungen – Sie dürfen das nicht so ernst nehmen. Die beiden Schwestern mischen sich ein: was hat man mit dir

gemacht, diese Schweine – sie hätten dich töten können, sagt Marga, und: haben die nur ihre Gesetze im Kopf? fragt die Dicke. Dann wirbeln andere Laute in einem neuen Funkenregen durcheinander: Tollwood – Alterchen – wie ein Käse, der Berg – keine Flüchtlinge im Haus – Menschen – das Dach brennt! – Feuer! – nicht aufgeben, Alter nur jetzt nicht aufgeben! – löschen! – zu spät, umsonst! – wir müssen zurück!

Dann reiht sich ein vollständiger Satz in diese Stimmen: Du h a s t ein Zeichen gesetzt, Hannes, ich werde das nie vergessen, nie! schreit Jonas.

Und als das Gewicht des Balkens über seinen Beinen spürbar und schwerer und schwerer wird –

– als draußen die beiden schluchzenden Schwestern eng, ganz eng zusammenrücken, die Arme umeinander gelegt, Gesicht an Gesicht gepreßt: unser Hannes, unser Bruder! –

– als die Dicke sich plötzlich aufrichtet: das Heulen hilft nichts, hört auf damit, damit machen wir den Hannes auch nicht wieder lebendig! und als sie: ich bleib bei dir, hab keine Angst! sagt –

– als Jakob, das Gesicht geschwärzt, die Kleidung in Fetzen, Brandblasen überall, sich schweigend zu den Flüchtlingen stellt und den heulenden Jonas an sich zieht: wir bringen die Leute in Sicherheit, ich versprech es dir! –

– als die beiden dann auf die Frauen zugehen, ihre Hände leicht auf die Schultern der Schwestern gelegt: es wird weitergehen, wir sind auch noch da! –

– als die Frauen, Männer und Kinder schließlich die Knie beugen und ihre Hände falten und leise zu beten beginnen –

– als plötzlich eine Gruppe von Leuten durch das Zauntor stürmt: Platz!, in Windeseile ein Schlauch ausgerollt wird, während überall feurig verkohlendes Holz in sich zusammenfällt und die Dicke in aberwitziges Gelächter ausbricht und brüllt: zu spät, warum kommt ihr so spät! –

– als der Mann, der Bürgermeister des Ortes ist, mit ernster Miene und sehr langsam auf die sich eng umschlingenden

Schwestern und die dicht bei ihnen stehenden Männer zugeht und leise sagt: das hat wirklich niemand gewollt, ein entsetzliches Mißverständnis, wir werden das aufklären, glauben Sie mir, bitte!, und, verständlicher jetzt, hinzufügt: wir werden eine Lösung finden, für Sie und diese Flüchtlinge, das verspreche ich! –

– als die aufgehende Sonne sanft die Berggipfel berührt und stille Röte sich langsam, ganz langsam auch auf den Matten ausbreitet –

– da senkt der Alte, leise aufseufzend, den Kopf auf die Brust.

Anmerkung:
Zitate aus: *"Also sprach Zarathustra"* von Friedrich Nietzsche, Philipp Reclam jun./Stuttgart